KB158066

비
비밀
비밀과
밀과

글 전은지

대학에서 영문학을 전공하고 어린이를 위한 동화를 쓰고 있다. 한 가족의 비밀이 얽히고설켜 마치 추리 소설을 보는 듯 생동감이 넘치는 《비밀과 비밀과 비밀》은 청소년을 대상으로 한 작가의 첫 책이다. 지금까지 쓴 책으로 《우리 반 어떤 애》, 《지각하고 싶은 날》, 《4학년 5반 불평쟁이들》, 《천 원은 너무해!》, 《장래 희망이 뭐라고?》, 《엄마 때문이야》, 《3점 반장》, 《비밀은 내게 맡겨!》, 《영어회화 아웃풋 트레이닝》, 《댓글영어 단숨에 따라잡기》 등이 있다.

그림 배민호

미국에서 디자인과 일러스트레이션을 공부하고, 우리나라로 돌아와 여러 차례 개인전을 가졌다. 지금은 서경대학교에서 학생들을 가르치며, 신문과 잡지의 일러스트레이터로 활동하고 있다. 원고에 대한 빼어난 해석력을 바탕으로 나온 그림들이 《비밀과 비밀과 비밀》 작품에 깊이를 더하고 있다.

비밀과
비밀과
비밀

전은지 글 — 배민호 그림

베틀·북

■ 차례 ■

1. 할머니의 비밀과 나의 비밀

할아버지의 목숨이 붙어 있으니까 할아버지는 아직 죽은 건 아니고 죽어 가는 중이다. 물론 살아 있는 사람은 누구나 언젠가는 죽기 때문에, '살아 있다.'는 건 동시에 '죽어 가는 중'이라고 말할 수 있다. 하지만 할아버지는 일반적인 경우와 다르다. 할아버지가 제 수명을 다 살지 못하고 더 빨리 죽으라고 애쓰는 누군가에 의해 예정된 속도보다 더 빠르게 죽어 가는 중이기 때문이다.

할아버지가 더 빨리 죽도록 애쓰는 그 누군가는 기가 차게도 할머니이다. 그러니까 할머니는 할아버지를 죽이는 중이라고 할 수 있다. 이건 할머니의 비밀이다. 최소한 할머니는 그렇게 생각하고 있다. 당연히 (그리고 다행히) 할아버지는 할머니의 비밀을 모르지만, 안타깝게도 나는 어쩌다 할머니의 비밀을 알게 되었다.

처음 할머니의 비밀을 알게 되었을 때 할머니의 비밀을 지켜 주어야 할까, 폭로해야 할까 보통 고민스럽지 않았다. 할머니의 비밀을 지켜 준다는 건 할머니가 할아버지를 죽이는 중인 걸 알면서도 모른 척한다는 뜻이고, 이는 할머니가 할아버지를 죽이는 데 나도 어느 정도 돕는다는 뜻이 된다.

그렇다고 할머니를 경찰에 신고할 수도 없다. 이런저런 병이 많은 할아버지는 어차피 (또는 조만간) 돌아가실 텐데, 할머니마저 교도소에 가면 나는 고아가 되기 때문이다. 엄밀히 말하면 나는 부모님이 없으니까 지금도 고아이지만, 할아버지와 할머니가 없으면 보육원에 가야 하는 '진짜 고아'가 될 것이다. 부모가 없다는 사전적인 의미의 고아라는 사실만으로도 충분히 괴로운데, 나를 돌보아 줄 어른이 정말 한 명도 없는, 실질적인 의미의 진짜 고아가 되는 건 생각하기도 싫다.

불편한 마음을 달래려고 이렇게 생각해 보기도 했다.

할아버지를 포함해서 이 세상 사람이라면 누구나 언젠가는 죽는다. 할아버지 역시 다른 모든 사람들처럼 살아가는 동시에 죽어 가는 중일 뿐이다. 일반적으로 다들 죽음에 늦게 도착하려고 애를 쓰지만, 할머니는 할아버지를 위해 그런 노력을 하지 않을 뿐이다. 그러니까 할머니는 할아버지를 죽이는 게 아니라, 어차피 죽어 가는 중인 할아버지를 위해 달리 아무것도 하지 않는, 그러니까 그냥 자연의 순리를 따른다고 할 수도 있지 않나? 그렇다면 할머니의 비밀은 별로 대단한 비밀도 아니고, 감추어야 할 비밀이라고도 할 수 없다. 자연의 순리에 따르는 건 말 그대로 자연스러운 일 아닌가!

하지만 달리 생각하면, 할머니는 할아버지가 죽음에

도착하는 속도를 빠르게 만든다고 할 수도 있다. 이런저런 단어를 써서 헷갈리게 표현했을 뿐, 한마디로 쉽게 말하면 살인이다.

어휴.

아무리 생각해도 할머니의 행동은 자연의 순리를 따른다기보다 살인에 가까운 것 같다. 그럼에도 불구하고 나는 할머니를 말릴 수 없다. 내가 할머니의 비밀을 안다는 걸 말하기 어려워서가 아니다. 물론 말하기가 쉽다는 건 아니지만, 그보다는 할아버지가 불쌍하긴 해도, 할아버지가 죽기를 바라는 할머니의 마음을 내가 누구보다 잘 이해하기 때문이다. 솔직히 할머니가 그렇게 생각하고 행동하는 건 당연하다.

젊은 시절 할아버지는 술을 굉장히 좋아했다. 언제부터인지는 모르지만, 내가 기억하는 한 할아버지는 '항상' 그리고 '굉장히' 술을 좋아했다. '굉장히 좋아했다.'보다는 '너무하다 싶을 정도로 지나치게 좋아했다.'는 표현이 더 적당할 것이다. 가정을 돌보는 것보다 술이 더 우선이 었으니 말이다. 워낙 술을 좋아해서 아무 일 없어도 술을 잘 마셨는데, 장사에 실패해서 빚더미에 올라앉게 된 후에는 술을 전보다 더 많이 마시게 되었다고 한다. 지금도 내가 사는 동네에서 세상살이가 힘들다며 술에 취해 비틀거리는 어르신들을 어렵지 않게 볼 수 있는 걸로 보아, 아마도 할아버지 세대는 술 외에 달리 스트레스를 풀 방법이 없는 것 같기도 하다.

내가 볼 때 할아버지의 경우 술을 마신다는 것 자체보다 더 심각한 문제는 술을 마신 이후이다. 그냥 많이 마시기만 하면 괜찮을 텐데, 할아버지는 술에 취하기만 하면 할머니를 엄청 못살게 굴었고 이런저런 물건을 집어 던졌다. 물건이 벽이나 다른 물건을 맞히면 집안 살림이 작살났고, 할머니를 맞히면 할머니 몸이 작살났다.

'하나밖에 없는 귀한 손자'라며 항상 나를 예뻐해 주셨지만, 술에 취한 할아버지는 나도 피하고 싶을 정도로 끔찍했다.

한 지붕 밑에서 같이 사는 사람이 살림을 때려 부수는 술주정뱅이라는 건 참으로 참혹한 일이다. 당해 보지 않은 사람은 모른다. 하지만 그 술주정뱅이가 어쩌다 한 번씩 술을 마신다면 그나마 견딜 만할 것이다. 안됐지만 할머니 팔자에 '어쩌다 술 마시고 집안을 때려 부수는 술주정뱅이 남편'이라는 복은 없었다. (물론 할머니 팔자에는 재물 복, 자식 복, 건강 복 등 다른 종류의 복도 없지만 말이다.)

아무튼 할아버지는 이렇게 매일 술을 마셨고 술주정도 매일 반복되었다. 안 그래도 가난해서 쓸 만한 살림살이도 많지 않은데, 반복되는 할아버지의 술주정 덕분에 집은 가정집이라기보다 고물상에 더 가까웠다. 장사에 실패하고 술독에 빠져 산 이후 할아버지는 제대로 된 직업을 가진 적도, 살림에 보탬이 될 만한 돈을 번 적도 없었다. 할아버지가 때려 부순 집안 살림을 고쳐 쓰면서 하나뿐인 아들을 먹이고 입히는 건 당연히 할머니의 몫이었다.

이 정도만으로도 상당히 끔찍한데, 이보다 더 끔찍한 일이 생겼으니 할머니의 하나뿐인 아들, 그러니까 나의 아버지가 교통사고로 세상을 떠난 것이다. 나의 부모님은 내가 10살 때 교통사고로 사망했다.

이후 할아버지는 많이 마시던 술을 더욱 많이 마시게 되었다. 술주정은 계속되었지만 이전과는 달랐다. 사고 이후 할아버지는 더 이상 물건을 집어 던지는 방식으로 할머니를 못살게 굴지 않았다. 대신 술만 마시면 크게 우는 소리를 내거나, 실제 큰 소리로 울거나, 할머니에게 밤새도록 말을 시켜 잠을 못 자게 하는 방식으로 할머니를 못살게 굴었다. 잠을 안 재우는 고문이 있다는 이야기를 들은 적이 있는데, 정말이지 말 그대로 고문이다. 당해 보지 않은 사람은 모른다.

집이 워낙 좁다 보니 할아버지가 안방에서 할머니를 괴롭혀도 다른 방에 있는 나까지 간접적으로 괴롭힘당하는 효과가 났다. 물론 가끔은 꼬부라진 혀로 '하나밖에 없는 손자 좀 보자!'며 큰 소리로 나를 불러내 직접적으로 괴롭히기도 했다. 누가 봐도 할아버지는 나를 예뻐했고 나도 이를 잘 알고 있었지만, 할아버지에 대한 내 감정이 항상 (그리고 그다지) 좋은 건 아니었다. 할아버지가 싫은 건 아니지만 가까이 하고 싶지는 않은, 할아버지를 좋은 사람이라고 생각하지는 않지만 안쓰럽다 느끼는 그런 정도였다.

아무튼 지지리도 복이 없는 불쌍한 할머니는 할아버지의 술주정을 받아 내며 수면 부족에 시달리면서도 시장 한구석에 신문지를 깔고 쪽파를 다듬어 팔아 돈을 벌면서 고아가 된 어린 손자인 나까지 키워야 했다.

75세를 넘긴 이후, 할아버지의 술주정도 끝이 났다. 정확히 말하면 술주정을 하고 싶어도 하기 힘든 상태, 그러니까 병이 많아 술주정을 할 기력이 없어진 것이다. 얼마나 기력이 없냐면, 몸이 전처럼 방대한 양의 술을 해독할 기력이 없었고, 잠을 안 자면서 남의 수면을 방해할 만한 기력도 없어졌다. 내가 아는 병 종류만도 알코올성

지방간, 당뇨병, 고혈압, 통풍, 고지혈증 등 다섯 가지가 넘는다. 혈액 순환이 안 되어서 다리가 저리다 하더니 한 1년 전부터는 걸음도 시원치 않아서 거의 하루 종일 방에 누워 생활하신다. 술은 아직도 좀 마시지만 전처럼 물건을 던지거나 잠을 못 자게 고함을 치거나 계속 말을 시켜서 할머니를 못살게 구는 술주정은 할 수 없다.

그러나 안타깝게도 할아버지의 술주정이 끝났다고 할머니의 생활이 나아진 건 없다. 술주정 대신 이제 병 수발을 해야 하기 때문이다.

병 수발이 술주정보다 쉬워 보일지도 모르겠다. 하지만 할아버지만큼이나 늙고 병든 할머니가 할아버지의 병수발을 한다는 건, 환자가 다른 환자를 돌보는 것과 크게 다르지 않다. 사정이 이렇다 보니, 할머니는 병 수발을 한다고 생각하기보다 할아버지가 '손가락 하나 까딱하지 않고 할머니를 부려 먹는다.'고 생각한다. 어느 정도 사실이기도 해서 나는 그런 할머니의 마음을 이해할 수 있다. 할아버지는, 내가 기억하는 한, 몸이 아파 거의 누워 생활하기 전에도 집안일을 도와준 적이 없다. 그리고 지금은 만사를 할머니의 노동과 수고에 온전히 의지하며 생활하는 처지라서 집안일을 도와준다는 건 불가능하다.

문제는 시장에서 수년간 쭈그려 앉아 쪽파를 다듬어 팔다 보니 할머니도 허리와 무릎이 아프다는 사실이다. 젊어서 할아버지가 던진 물건에 맞은 적이 많아서 아플 수도 있다. 아니면 노상 엎드려 빗자루질을 하고 기어다니며 걸레질을 해서 무릎이 아플 수도 있다. 할아버지가 박살 낸 물건의 깨진 조각을 어린 내가 만지거나 밟아 다치지 않게 즉시 치워야 했기 때문이다. 아니면 돈을 벌 때마다 할아버지 술값과 나를 키우는 데 돈을 다 써야 해서, 정작 돈을 벌어 오는 할머니는 몸에 좋은 음식을 먹지 못해 여기저기가 아플 수도 있다.

할머니의 이런 딱한 사정은 지금도 별반 다르지 않다. 할아버지의 약값에 내 학원비도 내야 한다. 정부에서 할아버지 약값을 보태 주고 나는 학원을 한 군데만 다니지만, 그래도 할머니는 부자가 아니라서 자신을 위해 돈을 쓸 여유가 없다. 청소할 때 무릎이 아프다 하면서도 집구석이 좁아 청소할 데도 없다며 진공청소기를 사지 않는 것만 봐도 알 수 있다.

하지만 할머니는 허리와 무릎이 아파서 '아이고' 소리를 내지 않으면 앉았다 일어날 수 없는 지경이다. 그런데도 밤낮으로 안방에 누워 지내는 할아버지는 시도 때도 없이 할머니를 부른다. 정확히 말하면 '수봉아!' 하고 내 이름을 부르지만, 그건 할머니를 부르는 소리이다. 내가 대신 안방에 들어가서 할아버지의 심부름을 할 때도 있지만, 대부분은 내가 할 수 없는 일이다. 그래서 안방에서 '수봉아!' 소리가 들리면 할머니는 '아이고' 소리를 내며 일어나 안방으로 들어간다.

할머니의 '아이고' 소리는 참으로 기묘해서 묵직한 추처럼 듣는 이의 마음을 무겁게 누르는 힘이 있다. 아마도 '아이고'라는 짧은 감탄사 속에 죽기 전 몇 년, 아니, 단 몇 달만이라도 할아버지에게서 벗어나고 싶은 할머니의 애절한 소망이 농축되어 있기 때문일 것이다.

"저 늙은이 병 수발 드느라 나는 아무것도 못해."

"원수 같은 영감탱이 때문에 내가 못 살아."

할머니가 입버릇처럼 하는 이 말들은 그냥 하는 말이 아니라 할머니의 진심임을 나는 잘 알고 있었다.

2. 약봉지의 비밀

부엌 쓰레기통에서 우연히 크고 작은 알약이 버려져 있는 걸 발견했을 때 나는 할머니에게 약이 버려졌다고 말하지 않았다. 내가 왜 그랬는지 모르겠는데, 아무튼 약을 본 순간 모른 척해야 할 할머니의 비밀이라는 직감이 들었다. 쓰레기 사이에 섞여 있어서 확실하지는 않았지만, 대충 봐도 대여섯 개는 되는 것 같았다. 우리 집에서 약을 먹는 사람은 할아버지뿐이니까 그 약이 할아버지의 약이라는 건 말할 필요도 없었다. 약이 쓰레기통에 있다는 건 일부러 버렸거나 실수로 쓰레기통에 떨어뜨렸다는 뜻인데, 실수라고는 생각되지 않았다. 분명 누군가 일부러 할아버지의 약을 버린 것이다.

내가 버리지 않은 건 확실하니까, 약을 버린 사람은 할아버지이거나 할머니이다. 할아버지는 화장실을 갈 때 말고는 거의 안방에서 나오지 않고, 할아버지의 약을 챙겨 주는 건 할머니이다. 그러니까 오래 생각할 것도 없이 약을 버린 사람은 할머니가 유일하고 할머니가 확실했다.

나는 할머니가 없을 때 할아버지의 약을 보관하는 싱크대 서랍을 열어 보았다. 하루 세 번 먹어야 하는 약이 1회분씩 종이 봉지에 포장되어 있었다. 한 봉지에 든 알약의 수를 세어 보니 6개였다. 입구를 뜯지 않은 봉지 안에는 쓰레기통에서 보았던 파란 알약과 콩알만 한 흰색의 타원형 알약이 들어 있었다.

그날 저녁, 할머니는 언제나처럼 쟁반에 할아버지의

저녁 식사를 차려 놓았다. 기침 때문에 안방에서 혼자 식사하는 할아버지에게 가져갈 식사 쟁반이다. 그리고 언제나처럼 쟁반 위에는 입구가 뜯어진 약봉지 하나가 놓여 있었다. 내 기억으로 할머니는 항상 약봉지 입구를 뜯어서 할아버지에게 가져다주었다.

언제부터 약봉지를 뜯어서 할아버지에게 주기 시작했나 생각해 보면, 아마도 정기적으로 우리 집을 찾아오는 사회 복지사 아줌마가 '할아버지가 약을 제대로 챙겨 먹지 않으면 큰일 난다.'고 말한 이후부터 일 것이다. 나는 그저 병든 할아버지의 수고를 덜어 주려고 할머니가 미리 약봉지를 뜯어서 준다고 생각했다.

나는 얼른 자리에서 일어나 쟁반을 들고 안방에 들어갔다.

"할아버지, 저녁 드세요."

"네 할머니 어디 갔냐?"

"부엌에 계세요."

누웠던 할아버지가 천천히 몸을 일으키는데, 아무렇게

나 엉망진창 뻗친 머리카락이 제일 먼저 눈에 띄었다. 할아버지가 일어나 앉는 동안, 나는 이불 머리맡에 놓인 작은 상을 할아버지 앞으로 가져와 상 위에 식사 쟁반을 올려놓았다. 입구가 열린 약봉지를 눈여겨보니 알약이 4개뿐이었다. 입구가 뜯어지지 않은 약봉지에서 보았던 파란색 알약은 확실히 없었다.

할아버지가 할머니에게 버림받았다는 확신이 들었다. 입구가 뜯긴 약봉지가 이를 증명한다. 할아버지에게 '큰일'이 생기지 않게 해 줄 약이 부엌 싱크대 서랍에 있는데도, 내가 몇 초 만에 그 약을 가져올 수 있는데도, 버림받은 할아버지는 그 약을 먹을 수 없었다. 할아버지가 할머니에게 잘못한 게 많긴 하지만, (할아버지가 불쌍하긴 해도 이건 부인할 수 없는 사실이다.) 자신이 버림받고 죽어 간다는 사실을 알면 마음이 어떨까. (할머니를 이해하긴 해도 할아버지 처지가 안타까운 것 역시 사실이다.)

이런저런 병이 생기고 거동이 불편해지고 생명 유지를 위해 약을 매끼 먹어야 할 상황에 처한 뒤, 할아버지가 나에게 '네 할머니 없이 나는 아무것도 못한다.'고 말한 적이 있다. 내 옆에서 이 말을 들은 할머니는 아무 말도 하지 않았다. 이 일이 지금도 생생하게 기억나는 이유는 당시 할머니의 반응에 내가 좀 놀랐기 때문이다. 할머니는 마치 아무 말도 듣지 못한 듯 아무 대답도 하지 않았다. 아니, 반응 자체를 전혀 하지 않았다. 내가 놀란 건할머니의 이런 철저한 무반응이었다. 심지어 표정도 변하지 않았다. 그러게 젊어서 왜 술을 그렇게 퍼마셨느냐, 핀잔 한마디 할 만도 한데 말이다. 이미 알고 있는 사실이라 뭐라 대답할 필요가 없어서일 수도 있다. 아니면 할머니 없이 할아버지는 심지어 죽을 수도 없다고 생각하고 있었을까?

할머니 몰래 쓰레기통의 약을 주워서 할아버지에게 갖다 드릴까 생각해 보기도 했다. 하지만 그렇게 하면 할머니의 비밀을 할아버지가 알게 된다는 게 문제이다. 현재 내가 의지하는 사람이 남몰래 내가 죽기를 바란다는 걸 알게 된다면, 죽는 것보다 더 서럽고 비참할 것이다. 나는 할아버지가 할머니의 비밀을 몰라서 다행이라고 생각했다. 그리고 할머니의 비밀을 할아버지가 절대 알지 못하게 하리라 결심했다. 할아버지가 미울 때도 많고 할머니에게는 원수 같은 존재이겠지만, 그래도 나에게는 할아버지이다. 고민 끝에 내가 할머니를 설득해 보기로 했다. 할머니에게 이렇게까지 해야 하느냐고 물어보리라 결심하고 적당한 기회를 엿보던 어느 날, 우연히 할머니의 서랍을 보게 되었다.

"할머니 손톱깎이 어디 있어요?"

"마루의 서랍장 어디 있을 겨. 서랍 하나씩 열어 봐."

나는 마루 한구석에 있는 작은 4단 서랍장을 위에서부터 하나씩 열어 보았다. 세 번째 서랍장 안에 손톱깎이가 들어 있었다. 그런데 손톱깎이와 함께 내 관심을 끈 종이 한 장이 있었다. 그 종이는 근처 경로당에서 동네 어르신들을 모시고 온천에 간다는 안내문이었다.

우리는 기초 생활 수급자라 나라에서 도움을 받지만,

그래도 할머니는 매일 시장 한구석에서 쪽파를 다듬어 판다. 그래서 경로당에 가지 않는다. 끼니때마다 집에 들어와 할아버지의 식사를 챙겨야 해서 경로당에 가 놀거나 쉴 여유도 없다. 그런데 경로당에 다니는 옆집 할머니가 안내문을 받아 와 할머니에게 온천에 같이 가자고 한 것이다. 그때 나는 마루에서 텔레비전을 보고 있었는데, 마루 한구석에서 이야기를 나누던 두 분의 대화 내용이 지금도 생생하게 기억난다.

"이틀만 자고 온다니까. 일주일도 아니고, 달랑 사흘인데? 거기서 목욕하고 오면 쑤시고 시큰거리던 무릎이 좋아진다잖아. 수봉이네 무릎이 아프다며?"

옆집 할머니는 할머니에게 같이 가자고 여러 번 설득했다.

"온천은 무슨… 나는 못 간다니께."

하지만 할머니는 전혀 고민하는 기색 없이 딱 부러지게 못 간다고 했다. 그래서 나는 할머니가 온천에 관심이 없는 줄 알았다. 그런데 할머니가 그 안내문을 버리지 않고 서랍에 넣어 두었다는 사실에 적지 않게 놀랐다. 할머니는 무엇이든 버리는 걸 싫어하니까 서랍에 넣어 두는거야 얼마든지 그럴 수 있는 일이다. 하지만 할머니가 가끔 서랍을 열어 안내문을 읽어 본다는 건 '그냥 그럴 수도 있는 일'이라 할 수 없었다. 특히 할머니가 얼마나 힘들게 살아 왔고, 현재 얼마나 힘들게 살고 있는지 잘 아는 나에게는 더욱 그랬다.

언제부터인가 할머니가 서랍에서 어떤 종이를 꺼내 보는 걸 여러 차례 보았지만, 나는 관심을 기울이지도 신경을 쓰지도 않았다. 눈이 어두워 글씨를 잘 보기 힘든데도, 할머니가 눈을 가늘게 뜨고 종이를 읽는 모습을 몇 번이나 보고도, 나는 그 종이가 온천 안내문인 줄은 몰랐다. 할머니가 안내문을 읽는 이유는 단 한 가지, 할머니는 온천에 가고 싶은 것이다. 나는 할머니에게 또 다른 비밀이 있으리라고는 전혀 상상하지 못했다.

나는 손톱깎이를 꺼내며 할머니에게 물었다.

"할머니, 여기 무슨 안내문이 있네요. 이거 뭐예요?"

"경로당에서 온천에 간대. 땅에서 뜨신 물이 나오는 목욕탕에 다녀오는 거여. 거기서 목욕을 하면 무릎이나 허리 아픈 데가 시원해진대. 나도 젊었을 때 한 번 가 봤어. 네 할아버지도 온천 좋아하지. 가서 목욕하면 몸도 개운하고, 피부 거죽도 맨질맨질해지니께."

 할머니는 온천에 가고 싶다고는 말하지 않았지만 누가 봐도 가고 싶은 게 확실했다.

 "온천에 가는 데 비싸대요?"

 "경로당에서 돈을 다 대 준다네. 늙은이들은 그냥 몸만 가면 되나 벼."

 "그럼 할머니도 가지 그래요?"

 "네 할아버지 땜에 가긴 어딜 가냐. 거기 가면 며칠은 집을 비워야 하는데 아파서 누운 환자 놔두고 어딜 가냐?"

 "제가 있잖아요. 학교 끝나자마자 올게요."

 "됐어. 씻겨 주는 건 나 말고 달리 할 사람도 없고. 혼자서는 아무것도 못하는 양반 놔두고 내가 어딜 놀러 가냐. 게다가 네 할아버지가 갔다 오라고 하겄어? 괜히 말했다가 성질부리고 지랄하면 골 아퍼."

그건 사실이었다. 이런저런 병이 하나씩 생긴 이후 할아버지는 할머니를 엄청 의지한다. 그래서 할아버지는 내가 식사 쟁반을 가져가거나, 마루나 부엌에서 아무 소리가 나지 않으면 나를 불러 '네 할머니 어디 갔냐?'고 꼭 묻는다. 젊은 시절 할아버지가 할머니를 못살게 군 걸 생각할 때 이제 와서 할머니에게 늙고 병든 자신을 돌보라는 건 좀 뻔뻔한 일이다. 아니, 무지하게 뻔뻔한 일이다. 할아버지도 잘 알 것이다. 하지만 현재 할아버지가 의지할 사람은 할머니 말고는 없다. 할머니가 없으면 할아버지는 아무것도 할 수 없다. 할머니도 이를 잘 알고 있다.

나는 손톱깎이를 다시 넣어 두면서 안내문을 꺼냈다. 자세히 읽어 보았더니, 우리 동네 경로당에서는 자원봉사자들과 주민 센터의 도움을 받아 1년에 두 번씩 동네 어르신들을 모시고 온천에 간다고 했다. 이번에는 못 가지만, 네 달 후에 온천 여행이 또 예정되어 있었다. 하지만 네 달 후에도 할아버지가 안방의 같은 자리에 계속 누워 있다면, 다시 말해 할머니의 수고와 희생 없이 살 수 없는 상태라면, 할머니는 온천에 갈 수 없다. 안방에 누워 있는 할아버지에게 세끼 밥을 차려 주고 약을 챙겨 주고 이틀에 한 번 몸을 씻겨 줘야 한다면, 할머니는 네 달이 아니라 4년이 지나도 어디든 갈 수 없다.

"수봉아, 그거 버리지 말고 서랍에 다시 넣어 둬."

나는 할머니의 말대로 안내문을 서랍에 넣었다. 꺼내서 읽고 다시 접어 두기를 반복한 탓에 안내문은 손때가 묻고 구겨져 있었다. 할머니가 온천에 가고 싶다는 건 너무 명확해서 비밀이라 할 수 없었다.

서랍을 닫고 고개를 돌리니 텔레비전을 향해 누운 할머니의 뒷모습이 보였다. 구부정한 허리에 빼빼 마른 할머니의 모습이 안쓰러웠다. 할머니도 온천에 다녀올 수 있다면 무릎과 허리가 시원해질 수 있을 텐데. 하지만 할머니가 온천에 갈 수 없다는 건 할머니도 나도 잘 알고 있었다. 평생 고생하며 살았는데도 며칠 온천 여행도 갈 수 없는 할머니에게, 왜 할아버지가 죽기를 바라느냐, 이렇게까지 해야 하느냐며 따질 수 없다는 생각이 들었다.

하지만 그렇다고 할머니를 도와 할아버지가 죽게 놔두고 싶지도 않았다. 내가 할머니만큼 할아버지에게 괴롭힘을 당하지 않아서, 할머니를 이해한다 하면서도 할머니만큼 할아버지를 미워하지 않을 수도 있다. 어쩌면 할머니 입장에서 내가 이렇게 생각하는 것 자체가 서운할 수도 있다. 할머니는 자신만큼이나 내가 할아버지를 미워해 주기를 바랄지도 모른다. 옆에서 직접 보아 왔기 때문이다. 그렇지만⋯ 할머니에게는 '원수 같은 영감탱이'이지만, 할머니와 할아버지 두 분이 가족의 전부인 나에게 할아버지는 가족의 절반이다.

내가 할머니를 온천에 보내 드릴 수는 없지만, 할머니가 할아버지를 죽이지 않도록, 할아버지를 너무 미워하지 않게 할 방법은 있을 것이다. 할머니가 할아버지를 버리면 할아버지는 죽을 수밖에 없는데 그걸 알면서도 할아버지를 버린 이유는 보나마나 할머니의 삶이 너무 고

단한 탓이다. 꼭 온천이 아니더라도, 할아버지 때문에 힘든 할머니의 삶이 조금이라도 덜 힘들어진다면, 할아버지가 죽음에 도착하는 속도를 일부러 빠르게 만들지는 않을 것이다.

그런데 그 방법이 무엇인지 알 수가 없었고, 나는 할머니가 할아버지를 죽이는 걸 알면서도 계속 모른 척할 수밖에 없었다. 할머니에게 비밀이 있고, 내가 할머니의 비밀을 알고 있다는 건 할머니에게도, 할아버지에게도, 계속 비밀로 남아야 했다.

3. 나의 비밀

　그러던 어느 날 우리 집 문제를 아주 확실하고 매우 바람직하게 해결할 수 있는 방법을 우연한 기회에 알게 되었다.

　나랑 같은 반 친구의 친구가 엄마, 외할머니랑 셋이 사는데 외할머니가 치매에 걸려 집에서 난리가 났다고 했다. 외할머니가 아무 데나 볼일을 보고, 혼자 밖에 나가 집을 잃어버려 경찰이 할머니를 찾아 모셔 오는가 하면,

아무리 먹을 것을 많이 드려도 아무것도 먹은 기억이 없다고 난동을 부렸다고 한다. 그러다 가스 불에 냄비를 올려놓은 채 잠이 들어 집에 불이 날 뻔한 사고까지 생겼다는 것이다.

결국 우리 집에 찾아오는 복지사 아줌마 같은 복지 담당 공무원이 그 친구네 외할머니를 요양 병원으로 모셔 갔다고 했다. 그 친구네 엄마는 일하러 나가야 하고, 손녀는 학교에 가야 해서 치매에 걸린 할머니를 돌봐 드릴 수 없으니까 나라에서 할머니를 병원으로 모셔 간 것이다. 그래서 지금 그 친구는 집에서 엄마랑 둘이 산다고 했다.

이 이야기를 들을 때 정신이 번쩍 나는 것 같았다. 요양 병원은 우리 집 문제를 확실하고 바람직하게 해결해 줄 마법과 같은 해결책이었다. 할아버지가 요양 병원에 가면 의사, 간호사 선생님들이 할아버지의 약을 빠짐없이 잘 챙기며 돌봐 줄 것이고, 할머니는 할아버지 병 수발에서 벗어나 온천에 갈 수 있기 때문이다. 약을 잘 챙겨 먹어 할아버지가 더 건강해지고, 할머니도 할아버지 병 수발에서 벗어나 더 건강해지면, 나는 나를 돌봐 줄 어른 가족이 없어져 진정한 의미의 고아가 된다는 걱정과 불안도 덜 수 있을 것이다.

이렇게 해서 나는 그날 밤 미리 종이컵에 받아 둔 내 오줌을 할아버지의 이불에 몰래 쏟아 부었다.

"윽, 이게 무슨 냄새야? 할아버지, 이불에 저 자국은 뭐예요?"

할아버지가 당황하는 기색이 역력했다. 당황하기는 나도 마찬가지였다. 내 오줌 냄새가 이렇게 지독하다니. 처음에는 내가 혹시 병에 걸렸나 싶었다. 아침에 안방 문을 연 순간 구역질이 날 뻔했다. 어젯밤 할아버지는 늦은 저녁 식사와 함께 혼자 술을 마시다 잠이 들었다. 내가 아침에 문을 열 때까지, 어젯밤 내가 오줌을 이불에 쏟으려고 잠깐 문을 열고 닫은 몇 초 이외에는 창문과 방문이 내내 닫힌 상태였다. 그렇다면 술 냄새, 먹다 남은 음식

냄새, 제대로 매일 씻지 못한 할아버지 냄새에 밤새 이불에 스며든 내 오줌 냄새가 섞여서 이런 구역질 나는 냄새가 탄생한 모양이었다.

내 호들갑에 아침 식사를 준비하던 할머니가 안방에 들어왔다. 할머니는 할아버지가 덮는 담요를 홱 걷어 냈다.

"세상에, 설마 이불에 오줌을 싼 거유? 정신없는 영감탱이 같으니, 이게 뭔 일이래."

겉보기에 할아버지는 무표정했지만 내심 당황한 게 분명했다. 오줌 자국 바로 옆에 앉아 있던 할아버지가 어쩔 줄 몰라 가만히 이불만 쳐다보니까, 할머니가 할아버지 팔을 툭 치며 말했다.

"이불 빨아야지, 저리 비키지 않고 뭐 해유? 바지도 속옷도 얼른 다 벗어유!"

할아버지가 천천히 몸을 움직여 엉금엉금 기어 이불 밖으로 비켜 앉았다. 할머니는 할아버지가 깔고 자던 요를 걷어 둘둘 말아 들고 화장실로 향했다. 가면서 이런 건 그냥 세탁기에 넣지도 못한다, 오줌이 묻은 자리를 손으로 비벼 빤 다음에 세탁기에 넣어야 한다, 허리랑 무릎이 아파 죽겠는데 웬 날벼락이냐며 할머니가 작은 소리로 투덜거렸다.

할머니가 힘들게 이불 빨래를 해야 한다는 것까지는 생각하지 못한 나는 적지 않게 당황했고 할머니에게 너무 미안했다. 결과적으로 할머니를 돕겠다고 한 건데, 당장은 할머니가 더 힘들게 되었으니 말이다. 미안하기도 하고 무안하기도 해서 하릴없이 고개를 돌리다 문득 할아버지와 눈이 마주쳤다. 할아버지가 얼른 내 시선을 피했다. 솔직히 시선을 피하고 싶기는 나도 마찬가지였다.

할아버지는 방바닥을 바라보며 한 손으로 뒤통수를 벅벅 긁었다. 안 그래도 아무렇게나 뻗친 머리카락이 더 엉망이 되었다. 어젯밤 기억을 더듬으며 고개를 갸우뚱하는 할아버지의 모습이 몹시도 난처해 보였다. 아무리 뒤통수를 벅벅 긁으며 기억을 더듬어 보아도 할아버지는 어젯밤 이불에 실수한 기억이 나지 않을 것이다.

이제 나는 할아버지에게도 미안했다. 할아버지는 민망한지 나를 쳐다보지도 못하고 방바닥만 응시하며 괜히 헛기침을 했다. 나도 이럴 때 어떻게 해야 할지 몰라 안방을 나서려는데 할아버지가 나를 불렀다.

"수봉아, 안방 창문 좀 열어라."

나는 말없이 창문을 활짝 열었다. 오줌 냄새와 술 냄새가 창밖으로 빠져나가는 게 느껴졌다. 마치 창문이 냄새를 방 밖으로 빨아내는 것 같아 고마웠다. 안방을 나와 화장실로 갔다. 내 인기척을 느낀 할머니가 오줌 자국을 비눗물로 비비며 말했다.

"너는 어여 아침 먹고 학교에나 가. 할아버지 아침은 내가 차려 줄 테니께."

나는 부엌에 가서 밥상 앞에 앉았다. 밥상 옆에 놓인 쟁반이 보였다. 쟁반에는 할아버지의 아침 식사와 입구가 뜯어진 약이 놓여 있었다.

4. 비밀은 계속되어야 한다

학교에 가는 동안, 수업 시간 내내 그리고 집에 돌아오는 동안 계속 고민했다. 오늘 아침 당황한 할아버지와 할머니의 모습이 떠올라 마음이 흔들렸다.

'계획대로 계속해야 하나….'

미안한 마음에 당황하기는 나도 마찬가지였다. 인터넷으로 찾아보고 텔레비전에서 본 정보를 모두 종합해서 세운 계획에 의하면, 할아버지를 치매로 몰아 요양 병원에 가게 하려면 몇 가지 할 일이 더 남아 있었다. 단 한 번 이불에 실수한 것만으로는 할아버지를 요양 병원에 보낼 수 없기 때문이다. 한 번 이불에 실수한 것도 이렇게 힘들어하는데, 이런 일이 반복되면 할아버지랑 할머니가 얼마나 힘들까 생각하니 자꾸 마음이 흔들렸다.

집에 와 보니 할아버지는 안방에 혼자 앉아 술을 마시고 있었다. 술 때문에 병에 걸려 술을 마시면 안 되는데도, 게다가 약도 제대로 먹지 못하는 상황인데도, 할아버지는 술을 마시고 있었다.

"할아버지, 학교 다녀왔어요."

내 인사에 할아버지가 고개를 들어 나를 쳐다보았다. 아주 피곤해 보였다.

"그려. 네 할머니 어디 갔냐?"

"시장에서 아직 안 오셨나 봐요. 그런데 병원에서 술은 안 된다고 했는데…."

내 말에 할아버지가 희미하게 미소를 지었다.

"이 녀석아, 술 먹지 말라고 안 먹었다가 100살까지 살면 어쩌려고."

술 얘기만 나오면 할아버지는 항상 이런다. 할아버지는 정말 100살까지 살까 봐 걱정하는 것일까? 그래서 술이 떨어지면 할머니에게 술을 사 오라고 화를 내는 것일까?

잠깐, 기억을 더듬어 보니….

할아버지가 술이 떨어졌다고 할머니에게 화를 낸 건 아주 오래전의 일이다. 빈 막걸리 병을 던진 기억이 나는데, 당시 유리로 된 소주병이 아니라 플라스틱 막걸리 병이라 다행이라 생각했던 기억이 난다. 그게 언제인가 하면… 초등학교 4학년 아니면 5학년인 것 같다. '깨지지 않는 병이 날아와서 다행'이라 여겼다니, 나도 참 짧은 인생 동안 별일 다 겪었구나 싶다.

어쨌든 할아버지가 거의 누워 생활하기 시작하면서 이불과 베개 머리맡에는 언제나 술병과 술잔이 준비되어 있었다. 할아버지는 언제든 술을 마실 수 있고, 술이 없다고 화낼 일이 없었다. 기묘하게도 할아버지 술주정이 없어진 이후, 기껏해야 듣기 싫은 소리 몇 마디 버럭 소리치는 게 전부인데, 그나마도 들을 일이 없을 정도로 집에 술이 떨어진 적이 없었다. 아마도 할머니는 술이 떨어지지 않도록 미리미리 사 두는 모양이다. 할아버지가 더 이상 난리 칠 수 없는데도 말이다. 다시 생각해 보니 싱크대 아래에 소주 한두 병은 항상 비치되어 있었다. 싱크대를 열었을 때 소주병이 없던 적이 없다. 그리고 할아버지 머리맡에 빈 소주병도 본 적이 없다. 병에 술이 조금 남아 있으면 새 소주병이 옆에 대기하고 있다. 할아버지는 일어나 앉아 손만 뻗으면 언제든 술을 마실 수 있다.

할아버지는 알코올 의존증이니까 술을 먹지 말아야 한다는 건 알지만 술이 보이면 술을 거부하기 힘들 것이다. 그렇다면… 이를 잘 아는 할머니가 일부러 술이 떨어지지 않도록, 술을 계속 마셔서 할아버지 건강이 나빠지도록, 할아버지가 언제든 술을 마실 수 있도록 항상 술을 준비해 놓는 것일까?

잠깐, 담배도 그렇다. 항상 소주병과 소주잔 그리고 담배와 라이터가 할아버지 머리맡에 준비되어 있었다. 술 그만 마셔라, 담배 끊어라, 할머니가 이렇게 말하는 걸 최근 몇 년간 듣지 못했다. 할머니의 소리 없는 복수는 내 생각보다 오래전부터, 그리고 다양한 방식으로 진행되고 있었다.

나는 약해진 마음을 다잡았다. 할아버지는 요양 병원에 가야 한다. 병원에 가면 간호사나 의사 선생님이 술을 사다 주지는 않을 것이다. 기침 때문에 힘들어하면서도 할아버지는 지금도 가끔 담배를 피우는데, 이 역시 병원에 가면 의사 선생님의 도움을 받아 끊을 수 있을 것이다. 병원이니까 당연히 약도 잘 챙겨 줄 것이다. 지금은 노상 이불 위에서만 생활하지만 병원에 가면 억지로라도 조금씩 운동을 할 수도 있다. 음식도 환자식으로 나올 테니 지금 할머니가 차려 주는 음식보다 더 잘 먹을 수 있다.

그러니까 할아버지는, 온천 문제가 아니더라도, 반드시 병원에 가야 한다. 그래야 할아버지가 죽음에 도착하는 날짜를 하루라도 늦출 수 있다. 할머니, 할아버지 모두에게 당장은 힘들겠지만, 아무리 생각해 봐도, 할아버지는 치매 환자가 되어 요양 병원에 가야 한다. 물론 할아버지를 치매 환자로 만들겠다는 내 계획은 할아버지, 할머니 모두에게 비밀이다. 할머니의 비밀을 지키면서 동시에 할머니와 할아버지의 문제를 해결하려면 비밀로 할 수밖에 없다.

오늘은 사회 복지사 아줌마가 집에 찾아오는 날이다. 아줌마는 오후 4시에 온다. 나는 복지사 아줌마를 증인으로 만들 계획을 세우기 시작했다.

5. 치매 환자의 증거

할머니는 아직 시장에서 돌아오지 않았다. 안방을 나와 화장실에 가서 볼일도 보고 손도 씻고 옷도 갈아입고 책가방에서 숙제도 꺼냈다. 아까 할아버지에게 인사한 뒤 한참 지났으니까 할아버지는 아마 자고 있을 것이다. 조금 열린 문틈으로 안방을 들여다보니 할아버지는 잠든 것 같았다.

나는 부엌 찬장에서 라면을 하나 꺼냈다. 봉지를 뜯지

않은 채 라면을 짓이겨 부수었다. 그런 다음 봉지를 뜯어 부서진 라면을 조금만 남기고 나머지를 다른 비닐봉지에 옮겼다. 약간의 부스러기가 든 라면 봉지를 들고 조용히 안방에 들어갔다. 아무리 조심해도 라면 봉지를 이불 아래로 넣을 때 바스락 소리가 날 것 같아 불안했다. 할아버지 코에서 작게 코 고는 소리가 났다. 나는 최대한 소리를 내지 않고, 부서진 라면 조각과 가루를 눈에 잘 띄도록 이불 근처에 뿌렸다. 그리고 라면 봉지는 할아버지 이불 아래에 살짝 밀어 넣었다. 그때 할아버지가 잠이 덜 깬 듯 눈을 살짝 뜨고 거친 목소리로 말했다.

"뭐야? 수봉이냐?"

나는 침착하게 미리 생각해 둔 말을 꺼냈다.

"네. 할아버지, 물 드신다면서요?"

할아버지가 무슨 말인지 몰라 눈을 동그랗게 뜨고 나를 쳐다보았다. 나는 아무렇지도 않은 듯 머리맡에 놓인 작은 상 쪽으로 가서 물병을 들고 컵에 물을 따랐다.

"내가 뭐 어쨌다고?"

할아버지 목소리는 가래가 끓는 거친 목소리였다. 술기운도 있고 잠도 덜 깬 상태가 분명했다.

"할아버지가 물 가져오라고 저를 부르셨잖아요."

"내가?"

"네. 조금 전에 저더러 물 가져오라고 하신 거 기억 안 나세요?"

할아버지가 천천히 몸을 일으켜 앉았다. 어리둥절한 표정이었다. 나는 그런 할아버지에게 물을 드렸다. 할아버지는 정신을 차리려는 듯, 단숨에 물 한 컵을 다 마셨다. 그리고 아까보다는 매끄러워진 목소리로 다시 물었다.

"내가 물을 가져오라고 너를 불렀다고?"

"네. 목 막힌다, 그러셨잖아요. 뭘 드셨길래 목이 막힌다고 하셨어요?"

할아버지는 무슨 말인지 이해하지 못하는 것 같았다. 무엇을 먹은 적도 나를 부른 적도 없으니 내 말을 이해하지 못하는 건 당연했다.

"먹은 거 없는데⋯ 네 할머니 어디 갔냐?"

그때 문 열리는 소리가 났다. 할머니였다.

"수봉이 왔구나!"

할머니의 목소리를 듣고 내가 안방을 나왔다. 할머니는 손에 검정 비닐봉지를 들고 분주하게 부엌 싱크대로 향했다. 검정 비닐봉지에는 요구르트가 들어 있었다. 할머니가 싱크대 문을 열자 한구석에 놓인 소주병이 보였다. 할머니는 할아버지 식사용으로 쓰는 쟁반을 꺼내 요구르트 세 병을 올려놓으며 나에게 말했다.

"좀 있다 복지사 오면 그때 같이 먹어."

할머니는 한 달에 한 번씩 집에 찾아오며 이런저런 도움을 주는 사회 복지사 아줌마를 아주 고마워한다.

잠시 뒤 노크 소리가 났고, 할머니가 문을 열자 복지사 아줌마가 밝은 표정으로 인사하며 들어왔다.

"할머니, 저 왔어요. 수봉아, 잘 있었니?"

할머니는 웃으며 아줌마의 손을 잡았다. 할머니는 정말 반가워하는 것 같았다. 아줌마는 할머니의 손을 잡고 안방으로 들어갔다. 나도 요구르트가 놓인 쟁반을 들고 따라 들어갔다.

아줌마는 이불 위에 앉아 있는 할아버지 맞은편에 앉았다. 빗을 구경도 못 해 본 듯 마음대로 사방팔방 뻗친 머리카락이 할아버지의 어두운 표정보다 더 우울해 보였다.

"할아버지, 저 왔어요. 그동안 어떻게 지내셨어요?"

할아버지는 무표정한 얼굴로 무뚝뚝하게 대답했다.

"그냥 그렇지 뭐."

할머니가 아줌마 옆에 앉으며 내가 가져온 요구르트를 권했다. 아줌마는 한 손에 요구르트를 들고, 다른 손으로는 가방에서 수첩을 꺼냈다.

"할아버지, 몸은 어떠세요? 약은 잘 드시지요?"

아줌마의 물음에 할아버지가 대답하기도 전에 얼른 할머니가 대답했다.

"이 양반 약은 내가 끼니때마다 잘 챙겨 주니께 한 번도 거르지 않고 잘 먹지."

아줌마가 할머니를 보고 웃더니, 웃는 얼굴로 할아버지에게 말했다.

"할아버지는 마나님 잘 만나서 좋으시겠어요. 할머니가 매끼 약도 잘 챙겨 주시고. 할머니가 주시는 약은 하나도 빼먹지 말고 다 잘 드셔야 해요. 귀찮다, 술 마셨다, 이런 핑계로 약을 안 드시면 안 돼요."

할아버지는 대답 대신 헛기침을 하며 복지사 아줌마의 시선을 피했다. 할아버지가 대꾸를 하든 말든 아줌마는 언제나 그렇듯 할아버지에게 약 잘 드시라, 술과 담배는 끊어야 한다고 신신당부를 했다. 그동안 나는 아줌마가 라면 부스러기를 발견할 순간만을 기다렸다. 기다리는 동안 긴장해서 그런지 평소 좋아하던 요구르트도 먹고 싶지 않았다.

"할아버지, 식사는 잘하세요?"

아줌마는 할아버지에게 이렇게 물으며 요구르트를 한번에 마셔 버렸다.

"잘 먹어. 빨리 죽지도 않고 밥은 왜 그렇게 잘 넘어가는지….”

아줌마는 할아버지의 대답에 피식 웃으며 빈 요구르트 통 안에 이불 옆에 떨어진 라면 부스러기를 주워 넣기 시작했다. 아줌마는 라면 부스러기가 떨어졌다는 걸 이상하게 생각하는 것 같지 않았다. 그냥 방이 지저분하지만 할머니가 힘들어서 청소를 안 했으려니, 하는 모양이었다. 이런 식으로 아무 일 없이 지나가 버리면, 내가 애써 계획한 일이 수포로 돌아갈 것 같았다. 나는 용기를 내기 위해 숨을 크게 내쉰 다음, 라면 부스러기를 집은 아줌마의 손가락을 가리키며 물었다.

“어, 아줌마! 그거, 라면 아니에요? 안방에 웬 라면이지?”

어색하기 짝이 없는 연기지만 내 말에 할아버지와 할머니는 동시에 복지사 아줌마의 손가락을 쳐다보았다. 복지사 아줌마가 라면 부스러기를 요구르트 통에 털어 넣으며 말했다.

“그러게, 바닥에 라면 부스러기가 떨어져 있네. 할아버지, 라면을 끓이지 않고 그냥 드셨나 봐요. 라면은 당뇨병뿐 아니라 통풍, 고혈압, 고지혈에 다 안 좋아요."

아줌마 말에 할아버지도 할머니도 어리둥절한 표정이 되었다. 할아버지는 먹은 적도 없는 라면을 먹었다니까 어리둥절했을 테고, 할머니는 할아버지가 평소 라면을 좋아하지 않기 때문에 어리둥절했을 것이다.

"나는… 라면을 안 먹는데. 나는… 라면 싫어해."

할아버지가 주저하듯 더듬거리며 말했다. 때마침 할머니가 이불 밖으로 살짝 삐져나온 라면 봉지를 발견했다.

"그럼 이건 뭐래요?"

할머니가 이불 밑에서 라면 봉지를 꺼내 들자, 할아버지 미간에 주름이 잡혔다.

"그게 왜 이불 밑에….."

할아버지의 반응에 복지사 아줌마가 눈을 동그랗게 뜨고 할아버지를 쳐다보았다. 할머니는 손바닥으로 라면 부스러기를 한곳에 쓸어 모으며 퉁명스럽게 말했다.

"이 양반이 라면을 먹었구먼. 전에는 줘도 안 먹던 라면을 왜 느닷없이 꺼내 먹고 난리래? 별꼴 다 보겠네."

할머니의 말에 할아버지가 버럭 역정을 냈다.

"먹기는 누가 먹었다고 그래? 내가 안 먹었다니까."

순간 안방 분위기가 얼어붙었다.

병이 깊어져 거동이 불편해진 이후 할아버지는 할머니에게 웬만해서는 소리를 지르거나 성질을 내지 않는다. 하지만 이번에는 버럭 소리를 질렀다. 그만큼 억울한 것이다. 이젠 웬만해서는 할아버지의 고함에 움찔하지 않는 할머니 역시 먹었다는 증거가 있는데도 안 먹었다고 우기는 할아버지가 몹시 못마땅한 것 같았다.

"그럼 왜 이게 이불 밑에 있는 거래요?"

할머니가 라면 봉지를 흔들어 보이며 다그쳤다. 할아버지는 할머니 말에 대꾸는 하지 않았지만 억울하고 기가 찬 표정이었다. 복지사 아줌마가 할아버지를 보며 조심스럽게 물었다.

"할아버지, 그럼 라면 부스러기랑 라면 봉지가 왜 여기 있는지 아세요?"

기분이 상한 할아버지는 아줌마에게도 퉁명스럽게 대답했다.

"몰라. 그걸 내가 어떻게 알아?"

할아버지는 이렇게 툭 내뱉고는 더 이상 말하고 싶지 않다는 듯 자리에 누워 버렸다. 할아버지가 등을 돌린 채 눕자, 복지사 아줌마가 나랑 할머니에게 안방에서 나가자는 신호를 보냈다. 할머니는 일어나기 전에 라면 부스러기 모은 걸 손가락으로 꾹꾹 눌러 쟁반 위에 털었다. 나는 쟁반을 들고 아줌마와 할머니를 따라 안방을 나왔다.

마루에 복지사 아줌마, 할머니 그리고 나까지 셋이 모여 앉았다. 아줌마는 할아버지의 당뇨 수치를 잰 수첩을 달라고 했다. 내가 부엌 싱크대 서랍에서 수첩을 가져오는 동안 아침부터 할아버지 때문에 신경이 곤두선 할머니가 푸념을 늘어놓았다.

"영감탱이가 성질은 더러워 가지고, 누가 못 먹게 하는 것도 아닌데 먹었으면 먹은 거지 왜 안 먹었다고 성질을 부린대? 오늘 아침에는 이불에 오줌을 싸서 사람을 힘들게 하더니…."

할머니 말에 복지사 아줌마가 깜짝 놀랐다.

"할머니, 할아버지가 이불에 실수를 하셨어요?"

할머니는 크게 한숨을 쉬면서 복지사 아줌마에게 억울함을 토로했다.

"전에 안 그러더니 웬일로 이불에 오줌을 싼 거야. 내가 오늘 아침에 그거 빠느라 아주 죽을 똥을 쌌네. 오줌이 묻은 걸 그냥 세탁기에 돌릴 수 있어? 애벌로 좀 빨아 넣어야지. 이불솜이 물을 먹으니까 어찌나 무겁던지 허리가 끊어지는 줄 알았어."

복지사 아줌마가 나를 쳐다보았다. 내 의견이 궁금한 모양이었다. 나는 아줌마에게 당뇨 수첩을 건네주었다. 긴장해서 심장이 두근거렸지만 미리 생각해 둔 대로 최대한 침착하게 대답했다.

"아침에 제가 안방에 들어갔더니 냄새가 지독했어요. 술 냄새도 섞여 있었고요. 할아버지가 일어나 앉으니까 할아버지 앉은 자리에 오줌 자국이 있었어요."

아줌마는 걱정과 불만으로 인상을 찌푸린 할머니를 보며 이렇게 말했다.

"연세가 팔순인 데다 어제 술까지 드셨다면 실수할 수도 있지요. 원래 술을 먹으면 젊은 사람도 그런 실수를 하잖아요. 할머니, 할아버지가 어제 술을 많이 드셨어요?"

이런, 원래 술을 많이 먹으면 치매가 아니더라도 이불에 오줌을 쌀 수도 있다는 건 생각하지 못했다. 술 냄새가 났다는 말은 하지 말걸, 하는 후회가 밀려왔다. 어떻게 해서든 할아버지가 치매라서 이불에 실수를 했다고 믿게 해야 했다.

"그런데 아줌마, 할아버지는 전에도 술을 많이 드셨지만 이불에 실수를 한 적은 없었어요. 안 그래요, 할머니?"

할머니는 내 말이 맞다고 했다. 하지만 할머니는 할아버지의 실수보다는 오늘 아침에 이불 빨래가 힘들었다는 이야기를 계속하고 싶어 했다. 그리고 '늙은이가 술에 빠져 살더니 정신이 없어져 똥오줌도 못 가리게 되었다.'며 넋두리를 늘어놓기 시작했다. 할머니의 넋두리가 시작되면 끝이 없다는 걸 잘 아는 복지사 아줌마가 중간에 할머니의 말을 끊었다.

"할머니, 너무 걱정 마세요. 이제 조심하시겠지요. 그런데 혹시라도 이런 일이 반복되면 전화 주세요."

아줌마는 이렇게 말하며 나를 쳐다보았다. 정신이 없기는 할머니도 마찬가지니 나더러 전화를 하라는 것 같았다. 나는 고개를 끄덕이며, 속으로 할아버지 이불에 오줌을 몇 번 더 부어야겠다고 생각했다. 내 예상대로 한 번의 실수로는 할아버지를 치매 환자로 몰 수 없었다. 아줌마는 당뇨 수첩을 훑어보며 말을 이었다.

"할아버지의 혈당 수치가 잘 안 떨어지네요. 그리고 수봉아, 할아버지 이불 밑에 있던 라면 봉지 말이야, 너도 아까 처음 본 거니?"

"네. 제가 학교에서 돌아왔을 때 할아버지가 목이 막힌다며 물을 달라고 저를 부르셨어요. 제가 컵에 물을 따라 드리면서 무엇을 드셨길래 목이 막히냐고 물었는데, 할아버지가 자신이 한 말을 기억하지 못해서 저도 놀랐어요."

"자신이 한 말을 기억하지 못하다니? 그게 무슨 말이니?"

"저더러 물을 가져오라고 하셨거든요. 그런데 '내가 너더러 물을 가져오라고 했느냐?' 하시더라고요. 기억이 안 나는 것 같았어요. 제가 오기 전에 생라면을 드시고 목이 마르니까 물을 달라고 한 거 같아요."

"네가 안방에서 라면을 먹은 적은 없어?"

"없어요."

복지사 아줌마가 수첩에 무언가를 적었다. 할머니가 불안한 표정으로 말을 이었다.

"저 양반은 도통 라면은 먹지 않는데 뭔 일인가 몰라. 이불에 오줌을 싸지 않나, 안 먹던 라면을 몰래 먹고 안 먹었다며 눈에 쌍심지를 켜고 덤벼들지 않나, 내가 저 영감탱이 때문에 못 살겠어."

복지사 아줌마가 가방에 수첩을 넣으며 자리에서 일어났다. 그리고 내 손을 잡았다.

"수봉아, 할아버지는 몸이 불편하시고 할머니도 힘드시니까 네가 잘 도와드려야 한다. 무슨 일 있으면 아줌마한테 전화하는 거 잊지 말고. 아줌마 전화번호는 알고 있지?"

나는 고개를 끄덕였다.

6. 이상해진 할아버지

다음 날, 그리고 그다음 날 밤에도 나는 할아버지 이
불에 미리 받아 둔 내 오줌을 부었다. 할머니가 빨래하기
힘들고 나도 내 오줌 냄새를 견디기 힘들어서 할아버지
의 바지와 이불에 자국이 날 정도만 약간 쏟았다.

이삼일에 한 번씩 술을 마시던 할아버지가 그날 이후
밤마다 술을 마셨기 때문에 술에 취해 잠이 든 할아버지
몰래 오줌을 붓는 건 어렵지 않았다.

"이 양반이 술 좀 작작 마시지 도대체 뭔 일이래?"

이불 빨래 때문에 죽겠다며 할머니가 잔소리를 했지만 할아버지는 심란해서 술을 마셔야 잠을 잘 수 있다고 했다. 할아버지가 심란한 이유는 당연히 나 때문이었다. 구체적으로 말하면 나의 비밀 계획 때문이었다.

나는 이불에 오줌만 부은 게 아니었다. 할아버지의 기억에 문제가 있는 것처럼 보이려고, 라면 외에 다른 음식도 사용했다. 복지사 아줌마가 왔다 간 다음 날 저녁에는 밥을 이용했다.

나는 할머니 몰래 내 밥그릇에서 밥을 한 숟가락 퍼내 휴지에 쌌다. 그리고 할아버지가 저녁 식사를 다 했을 때 휴지에 싼 밥을 손에 들고 안방에 들어갔다. 언제나처럼 할아버지는 할머니가 미리 뜯어 둔 약봉지를 뒤집어 손바닥에 약을 쏟았다. 할아버지는 항상 약을 먹기 전에 손바닥에 약을 올려놓고 손가락으로 하나하나 살펴본다.

나는 할아버지가 고개를 숙이고 손바닥 위의 약을 쳐다볼 때, 휴지에 덕지덕지 묻은 밥알을 이불 근처 방바닥에 얼른 개어 붙였다. 손에 눌러 붙지 않도록 밥알을 싼 휴지를 잡고 걸레질하듯 방바닥에 쓱 문질러 폈다. 그리고 재빨리 쟁반을 들고 안방을 나왔다.

한 시간쯤 지났을 때 할아버지가 할머니를 불렀다. 정확히 말하면 '수봉아!' 하고 내 이름을 불렀지만 말이다. 마루에서 텔레비전을 보던 할머니가 '아이고' 소리를 내며 일어나 안방으로 들어갔다. 잠시 뒤 열린 안방 문으로 할머니의 목소리가 들렸다.

"아이고, 이 영감이 갑자기 왜 이러는지 모르겠네."

"누가 무슨 짓을 했다고 그래! 먹다가 흘릴 수도 있지."

"이게 어디 먹다 흘린 거예요? 한두 알도 아니고, 반 사발은 되겠네. 세상에, 여기까지 눌러 붙은 거 좀 봐. 아예 작정하고 개어 붙였구먼."

"뭐가 어째!"

나는 안방 문 앞으로 다가갔다. 할머니가 손가락으로 방바닥에 묻은 밥풀을 떼고 있었다. 시간이 좀 지나서인지 밥풀이 바닥에 반쯤 굳은 채 눌러 붙어 잘 떨어지지 않았고, 뭉개진 밥풀 때문에 방바닥이 끈적거렸다. 할머니가 나를 보며 말했다.

"수봉아, 가서 설거지하는 수세미 좀 가져와라. 끈적거려 손으로는 떼어지지도 않네."

나는 모른 척하고 할머니에게 물었다.

"그게 뭔데요?"

"밥풀을 눌러 붙여 놨지 뭐야."

할머니는 누가 밥풀을 붙였다고 말하지 않았지만 할아버지는 짜증스럽게 대답했다.

"내가 안 했다니까 그러네!"

평소 같으면 할머니가 할아버지의 눈치를 보며 혼잣말로 작게 구시렁거리다 끝났겠지만, 할머니도 할아버지의 이상 행동이 반복되니까 그냥 구시렁거리는 것으로 넘어가고 싶지 않은 모양이었다.

"안방에서 밥 먹는 사람이 영감 말고 또 누가 있다고! 아까 저녁 먹기 전에 내가 걸레질할 때는 이런 게 없었구먼. 걸레질이 얼마나 힘든지 알지도 못하면서…."

대번 할아버지 표정이 굳어 버렸다. 할머니 없이 생활할 수 없어서 할머니를 의지하긴 해도, 하지도 않은 일을 했다고 몰아세우니 할아버지는 엄청 분이 났을 것이다. 그런데 할아버지는 입을 꽉 다문 채 굳은 표정 그대로 가만히 있었다. 아무 말도 하지 않았지만 꽉 다물어 힘이 들어간 입술과 미간 사이의 주름에는 할아버지의 분노가 잘 드러나 있었다.

나는 약간 겁이 났다. 밥풀을 개어 붙인 게 할아버지가 아니라는 건 할아버지 본인이 가장 잘 알 것이다. 술에 취하지도 않았고, 라면 사건처럼 자던 중에 일어난 일도 아니기 때문이다. 그렇다면 할머니와 나 둘 중 한 사람의 짓인데 할아버지는 누구를 의심하고 있을까?

나는 할아버지의 얼굴을 쳐다볼 수 없어서 방바닥으로 시선을 돌렸다. 할머니는 손톱으로 밥풀을 긁어 떼어 내느라 분주했다. 곁눈질로 보니 할아버지는 고개를 벽 쪽으로 돌린 채 가만히 앉아 있었다. 깊은 생각에 잠긴 듯, 할머니가 뭐라고 구시렁대든 상관없는 것처럼 보였다.

잠시 뒤 손으로 머리를 긁적였다. 덕분에 마구 뻗친 머리가 더 심하게 마구 뻗친 머리가 되었다. 할아버지가 지금 무슨 생각을 하는지 궁금했다. 할아버지는 나를 의심하고 있을까? 할머니를 의심하고 있을까?

잠깐, 혹시….

할아버지는 자신도 모르게 밥풀을 개어 붙였나 기억을 더듬고 있을지도 몰랐다. 할아버지 연세가 거의 팔순이니까, 치매가 아니더라도 얼마든지 기억에 문제가 있을 수 있다. 게다가 이런 이상한 사건이 처음도 아니니까, 할아버지는 '내 나이가 많아서 정신이 이상해졌다.'고 스스로를 의심할 가능성도 있다.

할아버지가 움직이는 것 같아서 고개를 들고 쳐다보니, 할아버지가 담배 한 개를 뽑아 들고 있었다. 담배를 피우면 기침이 심해지는 걸 알면서도 할아버지가 담배를 뽑았다는 건, 이번 일이 대단히 신경 쓰인다는 뜻이었다. 할머니가 다시 잔소리를 시작했다.

"내가 이거 다 치우고 나서 담배 태워요! 내가 담배 냄새 싫어하는 거 알면서. 이불에까지 밥풀이 눌러 붙어 있네. 수봉아, 수세미 가져오라니까."

할아버지는 뽑아 든 담배를 이불 옆의 의자 위에 툭 던졌다. 다리 힘이 없어 혼자 일어서기 힘든 할아버지가 화장실을 갈 때 짚고 일어설 수 있도록 할머니는 이불 옆에 의자를 놓아두었다. 할아버지가 물끄러미 의자 위 담배를 쳐다보는 동안 나는 수세미를 가져왔다.

어떤 일이 자꾸 반복되면 익숙해지기 마련이다. 그렇긴 하지만 아기도 아닌 정신 멀쩡한 어른이 이불에 오줌을 싸는 건 익숙해지기 힘든 사건일 것이다. 그런데 내가 이불에 세 번째로 오줌을 부은 다음 날 아침, 할아버지는 마치 익숙해진 듯 보여 도리어 내가 당황스러웠다.

할머니가 허리 끊어지겠다며 신경질을 내면서 이불과 속옷을 들고 나갈 때도, 그리고 잠시 뒤 돌아와 더 이상 안 되겠다고 할아버지의 요 위에 비닐을 깔 때도, 할아버지는 말없이 할머니를 쳐다볼 뿐 화를 내지도, 자신이 그

러지 않았다고 소리를 치지도 않았다.

물론 행복한 표정은 아니었지만 그렇다고 놀라거나 당황한 표정도, 심지어 미안한 표정도 아니었다. 오줌이 묻은 이불과 속옷을 담담하게 받아들이는 할아버지의 표정은, 마치 할아버지 스스로 '나는 치매라서 오줌을 가리지 못한다.'고 믿는 것처럼 보였다. 아니면 내가 그렇게 믿고 싶은 것인가?

아무튼 그런 할아버지를 보니 마음이 편하지 않았다. 하지만 동시에 마음 깊은 곳에서 약간의 안도감이 들기도 했다. 이제 할아버지는 조만간 요양 병원에 갈 수 있을 것이다. 그렇게만 되어 준다면 나는 더 이상 할머니의 비밀을 모른 척할 필요가 없다. 할머니의 비밀이 없어지기 때문이다.

이불에 오줌이 묻은 날마다 그리고 방바닥에 밥풀이 묻은 날에도 나는 사회 복지사 아줌마에게 문자를 보냈다.

"할아버지가 또 이불에 실수를 했어요."

"밥풀을 방바닥에 개어 붙이고는, 그런 적 없다고 화를 냈어요."

물론 할머니도 복지사 아줌마에게 전화를 걸어 '한두 번도 아니고 힘들어 못 살겠다, 일을 벌여 놨으면 미안하다고 사과는 못할망정, 도리어 하지 않았다고 우기니 복장이 터진다.'며 하소연을 늘어놓았다.

세 번째로 할아버지 이불에 내 오줌을 부은 다음 날, 학교에서 돌아와 보니 할머니가 마루를 청소하고 있었다.

"수봉이 왔냐? 어여 손 씻어라. 복지사가 온댄다."

복지사 아줌마가 왔다 간 지 일주일이 되지 않았는데 또 온다는 건 분명 할아버지 문제를 심각하게 받아들인 게 분명했다. 할머니는 작은 빗자루로 마루를 쓸고 있었다. 빗자루질을 하는 할머니를 뒤로 하고 부엌으로 갔다. 냉장고를 열어 보니 요구르트가 보였다. 복지사 아줌마가 온다는 말에 할머니가 사 온 모양이다. 슬쩍 쳐다보니 할머니가 부엌을 등지고 여전히 빗자루로 마루를 천천히 쓸고 있었다. 눈이 어두운 할머니는 손바닥으로 바닥을 더듬어 만지면서 빗자루질을 한다.

나는 복지사 아줌마가 왔을 때 기회를 놓치면 안 된다는 생각이 들었다.

나는 5개가 한꺼번에 포장된 요구르트를 서둘러 뜯었다. 할머니가 부엌으로 오나 안 오나 계속 살피면서 급하게 요구르트 5병을 죄다 마셨다. 작은 요구르트라서 5병을 다 마셨는데도 먹은 것 같지도 않았다. 빈 병들을 작은 비닐봉지에 넣은 다음, 냉장고 옆에 세워 둔 내 책가방에 서둘러 넣었다. 할머니는 아직도 빗자루질을 하고 있었다. 항상 도움이 되는 고맙고 반가운 손님인 복지사 아줌마가 오는 날이면 할머니는 꼭 마루를 청소하고, 요구르트를 준비한다.

나는 지퍼를 열어 둔 상태로 가방을 들고 안방 문을 열었다. 안방에서 희미하게 담배 냄새와 술 냄새가 풍겼다.

"할아버지, 학교 다녀왔어요."

이불 위에 옆으로 누워 있던 할아버지가 고개를 돌려 나를 힐끔 쳐다보았다. 고개를 돌렸는데도 머리카락은 베개에 눌린 모습 그대로 움직이지 않았다. 마치 할아버지의 몸과 머리카락이 따로 노는 것 같았다. 할아버지는 눈을 다 뜨지도 않고 반만 뜬 상태로 나를 보았다.

"수봉이 왔냐?"

목소리가 잠긴 걸로 보아 할아버지는 자고 있었던 모양이다. 나는 가방을 들고 할아버지 옆으로 가서 몸을 쭈그렸다.

"할아버지, 밖이 별로 춥지 않은데 안방 창문 좀 열까요? 담배 냄새가 나서요."

"그러든지. 네 할머니 어디 갔냐?"

"마루 청소하세요."

내 말에 할아버지는 조용히 벽 쪽으로 몸을 돌려 누워 이불을 목까지 잡아당겼다. 나는 가방을 등 돌린 할아버지 옆에 일부러 탁 소리가 나도록 힘차게 내려놓았다. 가방 안에 있는 필통과 줄넘기가 서로 부딪치며 요란한 소리를 냈다. 그 틈을 타서 재빨리 요구르트 병이 담긴 비닐봉지를 꺼내 물병 옆에 놓았다. 봉지를 물병 옆에 놓을 때에도 일부러 물병과 컵을 건드려 소리가 나게 했다. 이런 여러 소리 덕분에 할아버지는 내가 가방에서 비닐봉지를 꺼내는 소리는 듣지 못했을 것이다.

나는 서둘러 일어나 창문을 열었다. 어디론가 서둘러 가는 자동차 소리, 톤이 높고 맑은 새소리가 들어왔다. 지난번에는 고약한 냄새를 블랙홀처럼 빨아들인 고마운 창문이, 오늘은 우울한 기운이 꽉 찬 답답한 안방에 분주하고 경쾌한 소리를 쏟아 내 주었다. 창문은 열고 닫는 것만으로도 안방의 문제를 간단하게 해결해 준다. 할아버지의 문제도 이렇게 간단하게 해결된다면 얼마나 좋을까 싶었다. 나는 가방을 들고 안방을 나왔다.

잠시 뒤 사회 복지사 아줌마가 왔다. 아줌마는 손에 무언가 커다란 것을 들고 있었다. 아줌마를 본 할머니는 앉으라는 말도 하지 않고, 양손으로 아줌마의 손을 붙잡고 힘들어 못 살겠다며 또 하소연을 시작했다. 아줌마는 할머니를 위로한 다음, 먼저 할아버지를 좀 보자고 했다. 할머니와 아줌마가 안방으로 들어가자 나도 뒤따라 들어갔다. 할아버지는 여전히 벽을 향해 누워 있었다. 인기척을 느꼈을 텐데 할아버지는 일부러 모른 척하는 것 같았다.

"할아버지, 저 왔어요."

아줌마 말에 할아버지가 귀찮은 듯 아주 천천히 일어나 앉았다.

"며칠 전에 오지 않았어?"

할아버지가 거친 목소리로 아줌마에게 물었다.

"또 오게 되었네요. 할아버지, 어떻게 지내셨어요? 식사는 잘하세요?"

"어여 죽어야 하는데 잘 먹는 게 문제야. 밥을 잘 먹으면 금방 안 죽는다는데 마음대로 죽어지지도 않고…."

할아버지가 말꼬리를 흐리니까 얼른 할머니가 말을 받았다.

"밥은 잘 먹지. 당뇨병 때문에 덜 먹어야 한다는데 이 양반이 밥 한 공기는 뚝딱 잘 비워. 밤에 술은 좀 먹는데 대신 간식은 안 먹어. 내가 간식은 안 주거든. 아! 참, 아까 요구르트 사 왔는데 잠깐만 기다려 봐."

할머니는 예의 그 '아이고' 소리를 내며 자리에서 일어나 안방을 나갔다. 나는 긴장했다. 아직 어느 누구도 물병 옆에 있는 비닐봉지의 존재를 눈치채지 못했다. 몇 초 뒤 할머니가 나를 불렀다.

"수봉아, 네가 냉장고의 요구르트 먹었냐?"

나는 작게 숨을 내쉬고 최대한 침착하게 대답했다.

"아니요."

할머니가 안방 문을 활짝 열고 문 앞에 섰다.

"그럼 요구르트가 어디 갔지? 내가 분명히 아까 슈퍼에서 5개짜리 한 줄 사 왔는데. 영감이 먹었수?"

할머니 말에 할아버지가 퉁명스럽게 대꾸했다.

"내가 요구르트 먹는 거 봤어?"

"그럼 요구르트가 어디로 간 거여? 발이 달려 도망갔

을 리도 없고.”

“그걸 왜 나한테 물어?”

일부러 복지사 아줌마 드리려고 사 온 요구르트가 없어지자 속상해진 할머니는 할아버지를 대하는 말투가 퉁명스러웠고, 할아버지 역시 곱지 않은 말투로 대답했다. 분위기가 갑자기 얼어붙었다. 난감해진 복지사 아줌마는 억지로 웃어 보이며 할머니에게 요구르트를 안 먹어도 된다고 했다. 할머니는 아쉬운 표정으로 복지사 아줌마 옆에 앉으며 도대체 이해할 수가 없다고 작게 중얼거렸다. 분위기를 바꾸어 보려는 듯 아줌마는 가져온 물건을 할아버지 앞에 내놓았다.

“이게 뭐야?”

할아버지의 퉁명스러운 물음에 아줌마는 아주 조심스럽게 할아버지 눈치를 보면서 입을 열었다.

“이거… 어르신들이 쓰는 거예요. 요즘은 이거 쓰는 분들이 아주 많아요. 할머니도 허리가 아프고, 이불을 매번 빨기 힘드니까….”

할아버지가 갑자기 눈을 동그랗게 뜨고 복지사 아줌마와 아줌마가 가져온 물건을 번갈아 쳐다보았다. 나도 그제야 아줌마가 가져온 물건이 무엇인지 관심 있게 쳐다보았다. 비닐로 포장되어 있는데, 포장에 '성인용 팬티형 기저귀'라는 글씨가 보였다. 그러니까 아줌마가 가져온 건, 한마디로 기저귀였다.

대번 할아버지의 표정이 굳었다. 그럴 만도 했다. 이불에 실수를 한 적이 없는데 기저귀를 차라니 표정이 굳지 않을 수 없을 것이다. 하지만 눈치 없는 할머니가 반색을 했다. 할머니는 얼른 포장을 뜯어 기저귀 하나를 꺼내 들고 이리저리 살피며 좋아했다.

"이거 좋네. 이거 차고 자면 이불을 안 빨아도 되고, 오줌 싸면 그냥 이것만 버리면 되잖아? 이제 한시름 놓겠구먼."

할머니의 말에 할아버지가 다시 발끈했다. 할아버지는 소리를 지르거나 화를 내지는 않았지만, 벌겋게 달군 얼굴로 할머니 손에서 기저귀를 낚아채 신경질적으로 휙

던져 버렸다.

이때 기저귀를 내던지면서 할아버지의 손끝이 이불 머리맡의 물병을 건드렸고 물병이 쓰러졌다. 쏟아진 물은 많지 않았지만 병이 쓰러지자 복지사 아줌마는 화들짝 놀라며 얼른 병을 세워 놓았다. 병을 다시 세우고 쏟아진 물을 화장지로 닦을 때, 드디어 아줌마가 빈 요구르트 병이 담긴 비닐봉지를 발견했다. 나를 제외한 세 명의 어른들이 깜짝 놀랐다. 그리고 나는 깜짝 놀란 척 연기를 했다.

복지사 아줌마는 당황했는지 아니면 할아버지의 반응을 보려고 했는지, 말없이 할아버지를 쳐다보았다. 할아버지는 처음에는 '이게 왜 여기 있나?' 하는 어리둥절한 표정이었다. 그러다 할머니가 분통을 터트리자, 할아버지 얼굴이 곧 흙빛으로 바뀌었다.

"이 영감탱이, 내가 이럴 줄 알았다니까. 안 먹었다고 벅벅 우기더니, 여기 5병 다 마셔 버렸구먼! 내가 이 양반 오면 주려고 아까 일부러 나가서 사 온 건데, 어째 밤

한 사발을 다 먹고도, 요구르트 5병을 죄다 마셨대? 수봉이 먹게 1병이라도 남겨 두지 않고서!"

할머니는 정말 화가 난 것 같았다. 할아버지도 화가 난 것처럼 보였다. 대답 없이 꽉 다문 입술에 힘이 들어가 있었다. 병들기 전의 할아버지라면 지금쯤 아무거나 손에 잡히는 걸 할머니에게 집어 던졌을 것이다. 하지만 지금은 입술과 손에 힘이 들어가긴 해도 더 이상 다른 행동으로 이어지지 않았다. 그리고 고개를 벽 쪽으로 돌려 버렸다. 복지사 아줌마가 할아버지에게 물었다.

"할아버지, 아까 요구르트 안 먹는다고 하셨잖아요, 요구르트 먹은 걸 잊으신 거예요? 아니면 먹은 건 기억나지만 그냥 안 먹었다고 말씀하신 거예요?"

할아버지는 아주 짧게 고개를 흔들고 아무 말도 하지 않았다. 그리고 누구와도 시선을 마주치지 않으려는 듯 벽만 쳐다보았다. 할아버지의 표정과 반응으로 볼 때 할아버지는 더 이상 이에 관해 어떤 말도 하지 않을 게 확실했다.

복지사 아줌마가 작게 한숨을 쉬었다. 아마 할아버지가 고개를 흔든 이유를 이해할 수 없기 때문일 것이다. 아줌마 입장에서는 할아버지가 일부러 안 먹었다고 한 건지, 먹은 게 기억나지 않는 건지 알 도리가 없었다.

이 사건을 직접 계획하고 실행에 옮긴 장본인인 내가 볼 때, 할아버지가 고개를 흔든 건, 이 문제에 대해 아무 말도 하고 싶지 않다는 뜻일 것이다. 말하고 싶지 않은 이유는 '나는 요구르트를 먹지 않았고, 빈 요구르트 병이 왜 안방에 있는지 모른다. 누군가 나를 치매로 몰고 있는데 누구인지도 모르겠고, 이를 어떻게 반박해야 할지도 모르기' 때문일 것이다.

아니면 '정황상, 내가 요구르트를 먹은 게 분명한데 먹은 기억은 나지 않아. 혹시 내가 정말 치매인가?'라고 생각하기 때문일지도 모른다.

과연 할아버지는 어떻게 생각하고 있을까?

할아버지가 화는커녕 아예 아무 반응도 보이지 않자, 할아버지 스스로 죄를 인정한다고 여긴 할머니는 더욱

의기양양하게 분통을 터트렸다.

"먹어도 한두 병 정도 먹을 것이지, 5병을 다 먹어요? 그러고선 왜 안 먹었다고 도리어 성질을 부리고 난리래요? 내가 속 터져서 못 살아."

할아버지는 듣기 싫은지, 만사가 귀찮은지, 아니면 민망한지 한숨을 크게 쉰 다음 말없이 벽을 향해 돌아누웠다. 복지사 아줌마는 나와 할머니에게 그만 안방을 나가자는 신호를 보냈다. 할머니는 혀를 끌끌 차면서 신경질적으로 요구르트 병이 담긴 비닐봉지를 집어 들고 제일 먼저 안방을 나왔다. 그 뒤를 따라 나도 안방을 나섰다. 복지사 아줌마는 일어나려고 무릎을 펴며 할아버지의 뒤통수에 대고 인사를 했다.

"할아버지, 저는 그만 나가 볼게요. 혹시 불편한 게 있으면 알려 주세요."

아줌마가 자리에서 일어났다. 먼저 일어난 내가 문지방을 막 나서려는 순간, 아줌마의 인사에 답하듯 할아버지가 혼잣말처럼 중얼거리는 소리가 들렸다.

"빨리 죽어야 하는데 마음대로 죽어지지도 않고…."

아줌마는 뭐라 말해야 할지 모르는 듯 난처한 표정으로 나를 쳐다보았다. 뭐라 말해야 할지 모르긴 나도 마찬가지였다. 그리고 난처하기로는 내가 아줌마보다 더했다. 아줌마와 나는 말없이 안방을 나와 조용히 안방 문을 닫았다.

마루에 셋이 앉았다. 할머니는 '내가 못 살아, 못 살아.' 하며 계속 한숨을 쉬었다. 복지사 아줌마가 수첩을 꺼내 무언가를 적는 동안, 나는 어르신용 기저귀 포장지를 다시 읽어 보고 포장지에 나온 사진도 꼼꼼하게 살펴보았다. 읽어 보고 살펴본 결과, 할아버지가 이 기저귀를 차면 두 번 다시 할아버지 이불에 몰래 내 오줌을 붓는 짓은 할 수 없다는 걸 알았다.

내가 들고 있는 기저귀를 아줌마가 볼펜으로 톡톡 치며 먼저 입을 열었다.

"할머니, 이불 빨래가 너무 힘드니까 할아버지를 잘 설득해서 이걸 차고 주무시게 해 보세요. 요즘은 오륙십 대

중에서도 요실금 같은 문제로 이거 많이 사용하거든요. 처음에는 거부감이 들긴 하지만 몇 번 차고 자면 괜찮아질 거예요. 지금까지 밤에만 실수를 하셨으니까, 낮은 말고 밤에만 팬티처럼 입으면 돼요."

할머니가 기저귀를 만지작거리며 아줌마에게 말했다.

"영감이 치매에 걸렸나 벼. 술을 퍼마셔서 생기는 술 치매 말이여. 이불에 오줌을 싸지 않나, 전에는 거들떠보지도 않던 걸 먹어 치우지 않나, 게다가 먹어 놓고 안 먹었다고 발뺌까지 하는 거 봐. 발뺌을 하는 거 같기도 하고, 먹은 걸 기억하지 못하는 거 같기도 하고 그러네. 나도 힘들어 죽겠는데 저렇게 정신없는 양반 수발을 들려니 내가 죽을 맛이네."

나는 이때다 싶어 얼른 할머니의 말을 이어 받았다.

"아줌마, 할아버지 요양 병원에 가셔야 하는 거 아니에요? 치매에 걸린 할아버지나 할머니들이 가는 요양 병원이 있다고 들었거든요. 할머니는 시장에 나가야 하고, 저는 학교에 가야 해서 낮 동안 할아버지를 돌봐 드릴 사람이 없잖아요. 게다가 할머니도 허리랑 무릎이 아픈데….”

내 말에 복지사 아줌마가 다시 무언가를 수첩에 적으며 대답했다.

“그러게 말이다, 수봉아. 치매 검사를 한번 받아 보는 게 좋을 것 같기도 하다.”

치매 검사?

가슴이 벌렁거리기 시작했다. 할아버지는 치매가 아니기 때문이다. 어떤 검사인지는 모르지만 일단 검사를 하면 할아버지는 당연히 치매가 아닌 정상으로 나올 것이다. 식구들이 힘들어하면 할아버지를 그냥 요양 병원으로 보낼 수 있다고 아주 단순 무식하게만 생각한 나는, 검사를 한다는 말에 식겁했다. 할머니는 그런 내 속도 모르고 아줌마에게 당장 검사를 받게 해 달라고 했다.

“복지사 양반, 그 검사 좀 당장 받게 해 봐. 저 영감탱이 때문에 내가 못 살겠어. 아예 지금 병원에 데려가서 검사를 받게 하면 안 될까?”

“글쎄요. 할머니, 제가 볼 때 할아버지가 몇 번 실수도 하시고 좀 이상한 일이 있었지만 심각한 수준은 아닌 거 같아요. 제가 치매 어르신들을 많이 봤거든요. 미심쩍은 부분이 있긴 한데, 그래도 아직 치매는 아닌 거 같아요. 이야기를 해 보면 정신도 온전하신 거 같고요. 사실 치매보다는 당뇨나 콜레스테롤, 통풍이 더 걱정이에요. 약은 드시는데 조절이 안 되네요. 술 담배도 계속하시고요. 할머니께서 힘들긴 해도, 아직 위험한 사고가 난 건 아니잖아요. 다른 식구들이 위험해지는 사고가 나면 또 모를까, 당장은 치매 병원에 가야 할 수준은 아닌 거 같아요. 아무튼 치매 검사는 제가 알아볼게요."

아줌마는 할머니에게 이불 빨래만 하지 않아도 크게 힘든 일은 없을 것이라며 기저귀에 관해 자세히 설명하기 시작했다. 할머니는 아줌마의 설명에 귀를 기울였지만 나는 아줌마의 말이 하나도 귀에 들어오지 않았다. 할아버지가 치매 검사를 받아서 치매가 아니라고 확정이 되기 전에 '위험한 사고'를 내야 하기 때문이다. 검사가 필요 없을 정도로 할아버지가 확실히 치매 환자라고 단

정할 만한 사고는, 오줌 같은 더러운 사고도 아니요, 몰래 요구르트를 먹어 치우는 짜증 나는 사고도 아닌, '위험한 사고'여야 했다.

7. 위험한 사고

복지사 아줌마가 돌아간 뒤, 나는 할아버지가 술 마시기만을 기다렸다. 할아버지가 술을 마셨을 때를 놓치면 안 된다. 평소 할아버지는 나보다 정신이 더 멀쩡한데 오직 술에 취했을 때만 정신 줄을 놓기 때문이다.

저녁 식사 전, 나는 안방에 들어갔다. 할아버지는 아까처럼 벽을 향해 누워 있었다. 잠이 깊게 들었을 때를 제외하고 보통 내가 안방에 들어가면 할아버지는 '수봉이냐?' 하며 아는 체한다. 그런데 지금 할아버지는 돌아누운 자세 그대로 나를 아는 체하지 않았다. 확실하지는 않지만 잘 때 나는 숨소리나 코 고는 소리가 나지 않는 걸로 보아 깨어 있는 것 같은데도 나를 아는 체하지 않으니 기분이 이상했다.

나는 물이 거의 남지 않은 물병을 들고 나와 부엌에서 보리차를 반 이상 담았다. 그리고 다시 안방에 들어가 물병을 있던 자리에 놓으면서 이불 머리맡 담뱃갑 옆 근처에 굴러다니는 라이터 하나를 얼른 바지 주머니에 넣었다. 라이터 세 개가 담뱃갑 근처에 흩어져 있어서 하나가 없어져도 할아버지는 모를 것이다. 할아버지는 여전히 돌아누운 채 아무 반응을 보이지 않았다.

순간 할아버지의 뻗친 머리카락이 눈에 들어왔고 마음이 좋지 않았다. 할아버지의 머리카락은 어느 누구의 관심도 보살핌도 받지 못하고 버려진 현재 할아버지의 삶과 크게 다르지 않았다. 일어나는데 주머니에 넣은 라이터가 허벅다리에 느껴졌다. 나도 모르게 작게 한숨이 나왔다. 어쩔 수 없다, 지금으로서는 이게 최선이다라고 나 자신을 위로하며 얼른 방을 나왔다.

할머니가 할아버지 저녁 식사를 쟁반에 담자, 내가 얼른 자리에서 일어났다.

"할머니, 제가 갖다 드릴게요."

쟁반에는 평소처럼 밥과 국, 반찬 두 가지와 봉지 입구가 뜯어진 약이 놓여 있었다. 나는 쟁반을 들고 안방에 들어갔다. 안방 문 열리는 소리에 누웠던 할아버지가 일어나 앉았다. 소리 없이 코를 킁킁거리며 냄새를 맡아 보았지만 진한 담배 냄새가 나지 않았다. 오늘은 할아버지가 아직 담배를 피우지 않은 모양이었다. 쟁반을 내려놓으며 할아버지 베개의 머리맡을 슬쩍 쳐다보았다. 베개 옆에는 먹다 남은 소주병과 소주잔 그리고 재떨이가 있었다. 재떨이에는 어제 피운 담배꽁초 하나만 짓이겨져 있었다.

"할아버지, 저녁 드세요."

나는 이렇게 말하고는 안방을 나왔다. 내가 안방 문을

나서자, 안방에서 텔레비전 소리가 크게 들렸다. 할아버지가 텔레비전을 튼 것이다. 귀가 어두운 할아버지는 텔레비전 소리를 항상 크게 틀어 놓고 식사를 한다. 안방 문을 열면 바로 부엌이지만 부엌에서 무슨 소리가 나든 할아버지는 알아듣지 못할 것이다. 나는 이미 식사를 시작한 할머니 옆에 앉아 숟가락을 들었다.

"할머니, 할아버지 이불 빨았어요?"

"아침에 빨아 널었는데 아직 덜 말랐네."

"요 며칠 사이 할아버지가 이상해요. 화장실을 지저분하게 만든 적은 있어도 이런 적은 없었잖아요."

"술 치매가 왔나 벼. 젊어서 그렇게 술을 퍼마셔서 내 속을 썩이더니, 늙어서는 이불에 오줌까지 싸고… 내가 못 살아."

"치매라면 위험한 거 아니에요? 갈수록 심해지면 어떻게 해요?"

"오줌 두어 번 싼 거 가지고 뭘그려. 노인네들은 원래 가끔 실수도 하고 그런 겨. 기저귀나 차면 좋겠구먼 성질은 지랄 같아서 남의 말은 듣지도 않고….”

“만약 실수가 계속되면 어떻게 해요? 아까 복지사 아줌마 말처럼 위험한 일이 생길 수도 있잖아요. 우리 반 어떤 애도 치매인 할머니 때문에 집에 불이 날 뻔했대요.”

할머니는 대답 없이 작게 한숨만 쉰 뒤 입안 가득 밥을 퍼 넣고 우물우물 씹기만 했다.

그날 밤, 잠들기 전 나는 안방 문을 살짝 열었다. 제일 먼저 할아버지 머리맡의 술병과 물병 옆에 놓인 기저귀가 눈에 띄었다. 예상대로 할아버지는 기저귀를 차지 않았다. 그때 누워서 텔레비전을 보던 할아버지가 나를 쳐다보며 물었다.

“수봉이냐? 뭔 일 있어?”

“아니, 뭐 그냥… 할아버지, 제가 물병 채워 놓을까요?”

물병에 물이 많지 않았다. 할아버지는 텔레비전을 끄

고 물병을 한번 쓱 쳐다본 뒤 관심 없는 듯 벽을 향해 돌아누우며 대답했다.

"그러든지."

나는 물병에 보리차를 채워 다시 안방으로 들어갔다. 소주병을 보니 할아버지는 오늘 전혀 술을 마시지 않았다. 내가 물병을 내려놓는데 할아버지가 누운 채 나에게 물었다.

"네 할머니 어디 갔냐?"

"마루에 누워 계세요. 무거운 이불을 빨았더니 허리가 아프다며 빨리 누우셨어요."

할아버지가 들릴 듯 말 듯 작게 한숨을 쉬었고, 나는 미안한 마음이 들었다. 하지만 미안하다고 그만둘 수는 없었다. 오히려 미안할수록 계획을 빨리 서둘러야 했다. 할아버지가 하루라도 빨리 요양 병원에 가는 게, 할아버지와 할머니 모두에게 좋은 일이기 때문이다.

물병을 내려놓을 때 옆에 놓인 소주잔과 병이 살짝 부딪치며 쨍 소리가 났다. 이 소리에 할아버지가 뒤를 돌아

본 건 아니지만 움찔하는 것 같았다. 단순히 갑작스런 소리에 놀랐을 수도 있고, 술병 소리에 미미하지만 자신도 모르게 반응을 보였을 수도 있다. 다시 담뱃갑이 눈에 들어왔다.

"할아버지, 창문을 좀 열어 놓을까요? 할아버지가 밤에 담배를 피우면 방에 연기가 차잖아요."

이번에는 할아버지가 몸을 돌려 누웠다. 나는 할아버지와 눈이 마주치고 싶지 않아서 손을 창틀에 두고 창문만 쳐다보았다. 할아버지는 아주 천천히 자리에서 일어나 앉았다. 곁눈으로 보니 할아버지는 앉아서 담배를 물끄러미 쳐다보고 있었다. 할아버지는 그냥 주무실 수도 있었지만, 내 예상대로, 아니, 내 계획대로 내가 '담배'라는 말을 꺼낸 탓에 담배 생각이 난 것이다. 할아버지는 담배 한 개를 꺼내며 가래가 끓는 쇳소리로 나에게 말했다.

"창문 좀 열어 놔라."

창문을 열어 놔야 오늘 밤 할아버지가 안전할 수 있다.

창문을 반 정도 열어 두고 인사를 한 뒤 안방을 나서면서 나는 문을 완전히 닫지 않고 살짝 열어 두었다. 열린 문으로 할아버지가 라이터 켜는 소리가 들렸다.

집이 좁다 보니, 내 방에 누워서도 나는 안방에서 나는 소리를 다 들을 수 있다. 나는 방문을 열어 놓고 자리에 누워 안방에서 무슨 소리가 나는지 귀를 기울였다. 긴장해서 그런지 잠이 오지 않았다. 온 신경을 안방에 집중하다 보니, 잠이 오기는커녕 오히려 시간이 지날수록 정신이 맑아지는 기분이었다. 마루에서 할머니가 낮게 코를 골며 자고 있었다. 할머니의 코 고는 소리 사이로 안방에서 챙- 소리가 났다. 플라스틱 물병 소리는 확실히 아니고, 유리병과 유리잔이 살짝 부딪치는 소리였다. 유리병은 소주병이고, 유리잔은 소주잔이 확실했다. 챙- 소리가 여러 번 났고, 할아버지의 낮은 한숨 소리도 여러 번 났다. 할아버지의 기침 소리도 났다. 담배 때문일 것이다.

안방에서 아무 소리도 안 날 때까지 깨어 있어야 하는

데 안 그래도 소리가 크지 않은 데다 띄엄띄엄 나서 할아버지가 잠들었는지 알기 힘들었다. 이제 주무시나, 싶으면 다시 유리잔 소리나 기침 소리가 났다. 그럼 나는 다시 누워서 아무 소리도 나지 않을 때까지 기다려야 했다. 그러다 나도 모르게 잠이 들고 말았다.

얼마나 잠이 들었는지 모르지만 누가 깨운 것도 아닌데 마치 중요한 어떤 일에 늦은 것처럼 화들짝 놀라 잠에서 깼다. 시계를 보니 새벽 3시 50분이었다. 시간을 확인한 순간 정신이 번쩍 들었다. 주위가 아주 조용했다. 나는 자리에서 일어났다. 할머니나 할아버지에게 들키면 화장실에 가려고 일어났다고 말할 생각이었다.

내 방을 나오니, 할머니는 여전히 마루에서 낮게 코를 골며 자고 있었다. 안방 문 앞에 서서 귀를 기울이니 할아버지의 코 고는 소리가 들렸다. 나는 안방 문을 살짝 열고 안으로 들어갔다. 열린 창문으로 멀리서 지나가는 자동차 소리가 들렸다. 눈이 어두움에 익숙해진 데다 창을 통해 희미한 불빛이 들어오고 있어서 안방의 상황을

파악하는 게 어렵지 않았다. 할아버지는 큰대자로 누워 자는 중이었다. 창문을 열어서 냄새가 심하지 않았지만 술 냄새와 담배 냄새는 확실히 맡을 수 있었다. 나는 조심스럽게 할아버지 머리맡까지 걸어갔다.

소주병이 거의 비어 있었고, 재떨이에 담배꽁초 3개가 짓이겨져 있었다. 술을 마신 할아버지는 정신없이 자고 있었다. 나는 재떨이를 할아버지가 누워 있는 이불과 좀 떨어진 데로 옮겨 놓았다. 그리고 안방 바닥에 굴러다니는 빈 약봉지 두 장을 주워 재떨이의 꽁초 사이에 넣었다. 그런 다음, 주머니에서 라이터를 꺼내 담배꽁초와 약봉지에 불을 붙였다. 불이 붙는 걸 확인하자마자 얼른 안방을 나왔다.

서둘러 내 방에 들어가 마음속으로 10까지 숫자를 셌다. 숫자를 세는 동안 심장이 말 그대로 방망이질을 하는 것 같았다. 10까지 센 다음 일어나 크게 심호흡을 했다. 그리고 안방으로 들어갔다. 예상대로 재떨이에서 약봉지와 꽁초를 태우는 작은 불꽃이 제일 먼저 눈에 들어왔다.

생각보다 연기는 많이 나지 않았지만 약봉지에 얇은 비닐이 코팅되어 있어서 타는 냄새가 좋지 않았다. 재떨이에 탈 만한 게 별로 없어서 불꽃이 거의 꺼져 가고 있었다.

내가 계획한 것보다는 충격이 그다지 크지 않을 것 같았다. 그래서 나는 아직 불꽃이 남아 있는 재떨이를 가져다 할아버지가 대충 덮고 있는 담요 끝에 댔다. 불꽃이 약해서 그런지 담요가 약간 검게 그을려지긴 했지만 불이 붙지는 않았다. 더 이상 계속하면 진짜 불이 날까 봐 무서워서 이 정도만 해야겠다 싶었다. 재떨이의 불이 마침내 꺼져 버렸다. 할아버지는 여전히 자고 있었다.

"할아버지! 일어나 보세요! 이불에 불이 붙었어요!"

일단 이렇게 소리친 뒤, 마루로 나가 할머니를 깨웠다.

"할머니! 일어나세요. 안방에서 타는 냄새가 나요!"

할머니가 깜짝 놀라 눈을 번쩍 떴다. 할머니가 깼다는 걸 확인한 뒤 나는 다시 안방으로 뛰어 들어갔다.

할아버지는 아직도 자고 있었다. 나는 할아버지를 흔

들어 깨웠다.

"할아버지, 할아버지!"

무엇이든 연습하면 좋아진다더니, 처음에는 어색하기 짝이 없는 발 연기로 나 혼자 민망했는데 지금은 내 연기력이 전보다 좋아졌다는 생각이 들었다. 이런 한심한 생각을 하며 나는 할아버지의 몸을 흔들었다. 그러자 할아버지가 눈을 뜨고 나를 쳐다보았다. 놀란 눈이었다. 목소리가 잘 나오지 않는지 평소보다 더 거친 쉿소리로 물었다.

"왜?"

그때 할머니가 안방에 들어와 형광등을 켰다. 순식간에 방 안이 밝아졌다.

"아이고, 이게 무슨 냄새야? 도대체 뭔 일이래?"

나는 재떨이와 검게 그을린 할아버지의 담요 끝자락을 들어 보이며 말했다.

"화장실에 가려고 일어났다가 타는 냄새가 나서 안방에 들어왔더니 재떨이에서 불꽃이 보였어요. 담요에도 불이 붙으려고 해서 제가 얼른 껐어요."

연기력이 좋아진 정도가 아니라, 아예 영화배우를 해야겠다는 생각이 들었다. 내가 연기를 얼마나 잘했는지 내 말을 그대로 믿은 할머니와 할아버지의 낯빛은 사색이 되었다. 할머니가 할아버지 옆에 털썩 주저앉아 그을린 담요를 만졌다. 재떨이에 남은 불씨가 이제는 붉은 점으로 보였고, 약봉지는 새까맣게 타 버려 형체를 알 수 없었다.

"아이고, 이 양반이 집안 살림을 다 태우려고 작정을 했나, 이게 뭔 일이야!"

할머니가 버럭 소리를 지르자, 할아버지가 천천히 일어나 앉았다. 보통 술을 마시면 머리가 아프다고 하니까, 아마 할아버지는 지금 머리가 좀 아플 것이다. 당연한 일이지만 할아버지는 정신이 없어 보였다.

"이 할망구가 내가 뭘 어쨌다고…."

할머니는 검게 그을린 담요를 할아버지 얼굴에 대고 마구 흔들었다.

"정신이 있는 거유, 없는 거유? 타 죽고 싶어서 작정한 게 아니면 이게 뭐냐고요?"

미간에 있는 대로 힘이 들어간 할아버지가 담요를 확인한 뒤 나를 쳐다보았다. 나는 침착하려고 애를 쓰며 재떨이를 들어 보였다.

"자다가 오줌 마려워서 일어났는데 안방에서 타는 냄새가 나는 거예요. 들어왔더니 여기 재떨이에서 담요로 불이 붙으려고 했어요."

할아버지의 눈이, 마치 눈이 안 보였다가 갑자기 번쩍 뜨인 것처럼 동그래졌다. 할아버지는 정말 놀란 것 같았다. 이불에 오줌이 묻었을 때와는 표정이 달랐다. 할머니는 재떨이를 들고 손가락으로 타고 남은 재를 만지며 소리를 질렀다.

"담뱃불도 제대로 안 끈 재떨이를 이불 옆에 두고 자면 어쩌겠다는 거예요? 또 이건 뭐래요? 이건 담배꽁초가 아닌데… 이 정신없는 양반이 재떨이에 뭘 집어넣었네!"

할머니의 말에 할아버지가 중얼거렸다.

"뭘 집어넣었다고 그래? 어제 담배 두 대 피운 거 비벼 끄고 엎어져 잤구먼!"

화가 난 할머니는 기세등등하게 재떨이를 할아버지 얼굴에 들이댔다.

"그럼 이게 뭐래요? 이게 비벼 끈 거예요? 게다가 이건 꽁초도 아니네! 이게 뭔지 몰라도 이거 때문에 불이 붙은 거구먼! 도대체 뭘 집어넣은 거래요?"

"집어넣은 적 없다니까!"

"또 발뺌하는 거 좀 봐. 정신없는 양반 같으니…. 아이고, 내가 못 살아."

할아버지는 신경질적으로 할머니 손에서 재떨이를 빼앗았다. 나는 전에 그랬던 것처럼 할아버지가 할머니에게 재떨이를 던지는 줄 알고 가슴이 덜컥했다. 하지만 할아버지는 손가락으로 재떨이의 까만 재를 비볐다. 그동안 할머니는 '원수 같은 술을 퍼마시고 집에 불을 내려 했다.'며 계속 비난의 말을 퍼부었다. 비난의 말 중에는 '정신없다.' '술 치매' '수봉이까지 죽을 뻔했다.' '같이 못 살겠다.'와 같은 표현이 들어 있었다.

할머니는 정말 속상한 것 같았다. 젊어서 그리 고생을 시켰으면 됐지, 왜 늙어서도 곱게 늙어 죽지 않고 이렇게 못살게 구느냐며 눈물도 줄줄 흘렸다. 할아버지는 말없이 재떨이를 바닥에 내려놓고, 검게 그을린 이불을 만졌다. 할아버지는 기억을 더듬는 것 같았다. 하지만 아무리 머릿속을 헤집고 다녀도 담배꽁초를 제대로 끄지 않았거나 재떨이에 무언가 집어넣은 기억은 나지 않을 것이다.

할아버지 표정만 봐서는 무슨 생각을 하는지 어떤 감정인지 알기 힘들었다. 걱정인지 탄식인지 확실치 않은 한숨을 크게 쉬는 걸로 짐작할 때, 할아버지는 자신이 정말 치매가 아닌가 생각하는 것 같기도 했다. 나는 무표정한 얼굴로 말없이 재떨이만 쳐다보는 할아버지를 놔두고, 할머니 팔을 붙잡고 안방을 나왔다.

"할머니, 이제 어떻게 해요?"

"뭘?"

"할아버지 때문에 집에 불이 날 뻔했잖아요."

"그러게 말이다. 이제부터 나도 안방에서 자야 하나 벼. 정신없는 저 영감탱이 때문에 진짜 불이라도 나면 어쩐다니. 아이고, 이제는 잠도 편하게 못 자게 생겼네. 못 살겠다, 못 살겠어. 내가 사는 게 사는 게 아니여…."

"어… 그게 아니라, 복지사 아줌마한테 연락해야 하는 거 아니에요?"

"내일 아침에 전화를 해야겠네. 검사를 빨리 받아야지, 큰일 나겠다."

'검사'라는 말에 또 가슴이 철렁했다. 하지만 아무 검사 없이 무작정 병원에 입원시켜 달라고 생떼를 쓸 수는 없을 것이다. 나는 할머니가 마루에 깔아 놓은 이불에 누웠다. 내 방으로 가지 않고 그냥 할머니 옆에 누웠다. 할머니는 바싹 마르고 쭈글쭈글한 손으로 눈가를 훔쳤다. 눈물이 계속 나오는 모양이었다.

"수봉아, 이제 어쩐다냐. 늙은이가 노망이 들면 벽에 똥칠도 하고 집에 불도 낸다더니… 이제는 저 양반을 집에 혼자 놔두면 안 되나 보다. 낮에는 시장에 나가지 말고, 네가 학교에서 돌아오면 그때나 장에 나가야 될 모양이여. 저녁 장 보러 오는 사람들한테만 팔아야지 뭐… 아이고, 내가 못 살아.”

나는 아무 대답도 하지 않았다. 할머니를 온천에 보내 드리겠다는 나의 계획 때문에, 그러니까 한마디로 나 때문에, 이제 할머니는 그나마 낮에도 시장에 나가지 못하고, 할아버지 옆에 내내 붙어 있어야 할 판이 되었다. 온천에 갈 수 없는 건 말할 필요도 없다. 만약 검사에서 할아버지가 치매가 아니라고 나온다면 할아버지는 약도 제대로 먹지 못한 채 자신의 정신이 이상하다는 고통 속에서 살아야 할 것이다. 아니, 죽어 가게 될 것이다.

할아버지와 할머니를 편하게 해 드리려고 시작한 건데, 나는 결국 두 분 모두를 힘들고 고통스럽게 만들고 말았다. 애초에 이런 멍텅구리 같은 일을 벌인 나 자신이 원망스러웠다. 울고 싶은 걸 참느라 힘들었다. 할머니가 눈물 닦으며 훌쩍이는 소리를 들으며 나는 잠이 들었다.

8. 비밀 계획의 끝

할머니가 아침 식사를 준비하는 소리에 눈이 떠졌다. 주변이 밝았다. 해가 중천에 뜬 것이다. 자리에서 일어나니 마루 한구석의 서랍장이 제일 먼저 눈에 들어왔다. 서랍장 안에는 온천 안내문이 들어 있을 것이다.

나는 조용히 일어나 서랍을 열었다. 안에는 펴서 읽고 다시 접어 두기를 반복해서 구겨진 종이가 아직도 들어 있었다. 할머니가 영원히 온천에 못 갈 수도 있다는 생각이 들어 슬펐다.

자리에서 일어나 화장실로 향했다. 나를 본 할머니가 물었다.

"어제 못 잤을 텐데 벌써 일어난 겨? 더 자라고 일부러 안 깨웠구먼."

생각해 보니, 오늘은 토요일이다. 학교에 가지 않는 날이다. 학교가 쉰다면 복지사 아줌마도 오늘은 출근하지 않을 것이다.

할머니가 쟁반에 할아버지 아침상을 차렸다. 쟁반 위에는 여느 때처럼 밥, 반찬과 입구가 뜯겨진 약봉지가 있었다. 입구가 열린 약봉지는 마치 할머니의 비밀을 나에게 큰 소리로 말해 주는 입처럼 보였다. 아니, '할머니의 비밀을 말하지 마라.' 하고 말하는 입처럼 보였다. 아니, 다시 보니 '할아버지는 절대 약을 제대로 먹을 수 없다.' 고 말하는 입처럼 보이기도 했다.

내가 쟁반을 들려고 자리에서 일어나니까 할머니가 손을 저으며 나를 말렸다. 할머니가 안방 문을 열 때 나는 방 안을 들여다보았다. 할아버지가 누운 이불 옆에 재떨이가 보였다. 할머니는 재떨이를 멀찌감치 치우고 그 자리에 쟁반을 내려놓았다. 그리고 누워 있는 할아버지의 등 아래로 손을 쑥 집어넣었다. 할머니는 할아버지가 이불에 오줌을 쌌는지 확인하려고 식사 쟁반을 직접 들고 들어간 것이다. 할아버지가 인기척을 느끼고는 몸을 움직였다.

"아침 먹어유."

할머니가 퉁명스러운 말투로 할아버지를 깨웠다. 할아버지가 아직 자리에서 일어나기 전, 할머니는 '아이고' 소리를 내며 무릎을 잡고 일어나 안방을 나왔다.

할머니와 말없이 아침 식사를 했다. 우리가 식사를 거의 끝냈을 때 안방에서 텔레비전 소리가 나기 시작했다. 그건 할아버지가 그제야 일어나 식사를 시작했다는 뜻이다.

내가 설거지를 하는 동안 할머니가 마루에서 전화를 했다. 토요일인 걸 알고도 전화하는 걸 보니, 할머니는 어지간히 불안했던 모양이다. 할머니는 복지사 아줌마의 휴대 전화로 전화를 걸어, 어젯밤 집에 불이 날 뻔했다, 이제는 무서워서 영감을 혼자 집에 놔둘 수도 없고 노상 옆에서 지키고 있어야 한다며 아주 오랫동안 하소연을 늘어놓았다.

"수봉아, 밥상 치워라."

안방에서 할아버지 소리가 들렸다. 할아버지 소리에 할머니도 복지사 아줌마와 통화를 끝냈다. 내가 먼저 안방에 들어갔다. 텔레비전 소리가 크게 들렸고, 어제 내가 열어 놓은 대로 안방 창문이 반 정도 열려 있었다. 열린 창문 덕분에 안방에서는 탄 냄새가 심하게 나지 않았다. 쟁반을 보니 음식이 반이나 남아 있었다. 할아버지는 손바닥에 쏟아 놓은 알약들을 쳐다보고 있었다.

"할아버지, 밥이 남았네요."

내 말에 할아버지는 아무 대답도 하지 않고, 약을 한 번에 입안에 털어 넣었다.

"할아버지, 더 안 드실 거예요? 이거 그냥 가져가요?"

내가 다시 한 번 묻자, 할아버지는 한숨을 쉬며 작게 대답했다.

"덜 먹어야 빨리 죽을라나… 그만 먹을란다."

할아버지가 병 치료를 잘 받을 수 있도록 요양 병원에 보내 드린다는 나의 계획 때문에, 그러니까 한마디로 나 때문에, 할아버지는 더 이상 살고 싶지 않게 되었다. 나는 어떻게 대답해야 할지 몰라서 말없이 쟁반을 들고 안방을 나왔다.

토요일 오후 내내 나는 마루에서 텔레비전을 보았다. 그러는 동안 할머니는 할아버지가 먹고 남은 밥상을 정리하고 치운 뒤 내 옆에서 누웠다 일어났다를 반복했다. 할머니는 누워 텔레비전을 보는가 싶더니, 이내 코를 골며 잠을 잤다. 그러다가도 어느새 일어나 화장실에 가고, 부엌에서 무언가 일도 하고, 안방에 들어갔다 나오기도 했다. 그러고는 다시 내 옆에 와서 누워 텔레비전에 나오는 사람이 누구냐고 물었다.

그렇게 그날 오후가 지나갔다. 낮게 코 고는 소리를 내며 주무시던 할머니가 언제 잠을 잤느냐는 듯 천천히 일어나 손톱을 깎아야겠다고 중얼거리며 서랍장 쪽으로 갔다. 서랍에서 손톱깎이를 꺼내는 할머니를 보니 온천이 생각났다. 할머니도 온천 안내문을 보았을 것이다. 할머니는 다음번 온천 여행에 갈 수 있을까.

"할머니, 아까 복지사 아줌마에게 전화했을 때 아줌마가 뭐래요?"

"월요일에 와 보겠대."

"할아버지는 어떻게 되는 거예요?"

"몰라. 원수 같은 영감탱이, 다 죽어 가면서도 죽기 전까지 나를 들들 볶을 셈이여."

"검사에서 치매가 아니라고 나와도, 이 정도면 할아버지는 병원에 가야 하지 않아요? 복지사 아줌마에게 집에 불이 날 뻔했다고 말하셨어요?"

"했어. 뭐… 어떻게 되겠지. 나도 모르겠다."

"혹시… 그러니까 만약에 할아버지가 병원에 입원하게

되면 다음번 온천 여행에 다녀오세요. 저는 친구네 집에서 잘 수 있는지 물어볼게요. 아마 될 거예요.”

할머니는 아무 대답도 하지 않았다. 하지만 손톱깎이를 다시 서랍에 넣은 뒤 할머니는 온천 안내문을 꺼내 펼치더니 눈을 가늘게 뜨고 천천히 읽어 보았다. 잠시 뒤 안내문을 접어 다시 서랍에 넣으며 할머니가 중얼거렸다.

“내 팔자에 무슨 온천이냐….”

할머니는 항상 마루에 깔아 놓는 이불 위에 누웠다. 나는 할머니가 작게 코 고는 소리를 들으며 텔레비전을 보았다. 잠시 뒤 할머니 쪽을 돌아보니 할머니의 쭈글쭈글한 얼굴이 보였다. 할머니는 눈을 감고 있었는데 심지어 눈꺼풀에도 주름이 나 있었다. 굵은 주름, 잔주름, 깊게 패인 주름, 처진 주름, 팔자 주름 등 머리부터 발끝까지 구석구석 퍼진 온갖 종류의 주름은 할머니의 인생이 얼마나 고단했는지 말해 주고 있었다.

나는 할머니가 온천에 갈 수 있기를 진심으로 바랐다.

그날 저녁, 나는 식사 쟁반을 들고 안방에 들어갔다. 할아버지는 이불 위에 앉아 있었다. 쟁반에는 밥과 국, 반찬 그리고 입구가 뜯어진 약봉지가 놓여 있었다. 할아버지가 물끄러미 쟁반을 바라보았다. 나도 쟁반을 바라보았다. 정확히 말하면 쟁반 위에 놓인 약봉지를 바라보았다. 중요한 약이 빠져서 그런지 약봉지가 쓸모없어 보였다.

할아버지가 치료 약을 먹지 않고 버틴 지 도대체 얼마나 되었을까? 그리고 얼마나 더 오래 버틸 수 있을까? 할아버지는 살아 있지만 실은 죽어 가는 중이었다.

9. 할아버지의 비밀

결국 할머니는 온천에 갈 수 없게 되었다. 다음 날인 일요일 아침, 복지사 아줌마의 휴대 전화로 전화를 걸 때 제일 먼저 머리에 떠오른 건, 할머니가 온천에 갈 수 없다는 것이었다.

아줌마가 일요일에는 일하지 않는다는 건 알고 있지만 어쩔 수 없었다. 할머니가 숨을 쉬지 않았기 때문이다. 복지사 아줌마와 통화를 끝낸 뒤, 할머니 옆에 앉았다.

할머니는 어제 잠들기 전에 본 모습과 조금도 달라진 게 없었다. 온갖 종류의 주름이 머리부터 발끝까지 피부를 뒤덮고 있었고, 심지어 눈꺼풀과 귓불 뒤에도 주름이 있었다. 할머니 손을 만졌더니 거칠기만 하고 따뜻함이 느껴지지 않았다. 그리고 굉장히 무거웠다. 할머니가 온천에 다녀왔다면 손이 거칠지 않고 만질만질했을 텐데라는 생각이 들었다.

복지사 아줌마와 119 구급 대원들이 집에 들어오자 할아버지가 안방에서 나와 엉거주춤한 자세로 안방 문지방 앞에 섰다. 구급 대원들은 이런 일을 많이 보았는지 무표정한 얼굴로 차분하게 행동했지만 할아버지는 당황한 것 같았다. 복지사 아줌마도 경황이 없어 보였다. 누구도 할머니가 할아버지보다 먼저 돌아가시리라고는 예상하지 못했기 때문이다. 나는 부엌 한구석에서 어른들을 지켜보기만 했다.

계속 서 있다 보니 다리가 아팠다. 나는 그 자리에 가만히 주저앉았다. 참으려 해도 눈물이 자꾸 흘러내렸다.

나는 무릎을 세우고 앉아 깍지 낀 양손으로 정강이를 잡고 바지에 눈물을 닦았다. 문득 고개를 돌리니 부엌 쓰레기통이 보였다. 쓰레기통 주변 바닥에 작고 파란 것이 눈에 들어왔다. 어제저녁에 할머니가 할아버지에게 주지 않으려고 일부러 버린 약이다. 약을 버릴 때 그중 하나가 쓰레기통 바깥으로 떨어졌는데 눈이 어두운 할머니가 미처 보지 못한 것이다. 어제까지만 해도 파란 알약은 할머니의 비밀이었고, 온천에 대한 할머니의 소망이었다. 하지만 지금은 비밀도 소망도 아닌 그저 쓰레기에 불과했다.

하루 세 번씩 약봉지를 뜯고 작은 알약을 골라서 빼내는 게 꽤나 번거로웠을 텐데, 비밀스런 소망을 품은 할머니는 이를 수고로 여기지 않았을 것이다. 안타깝게도 할머니의 수고는 아무런 보상도 받지 못한 셈이 되었다. 온천은 말할 것도 없고, 할아버지에게서 벗어난 삶을 단 하루도 살아 보지 못했으니 말이다.

살아 있는 모든 사람은 모두 죽어 가는 중이라고 생각

은 했지만, 그 '모든 사람들' 중에 할머니가 포함된다는 생각은 해 본 적이 없었다. '죽어 가는 사람'은 할머니가 아니라, 항상 할아버지였다. 이렇게 될 줄 알았다면 할아버지가 죽음에 빨리 도착하도록 애쓸 필요도 없었을 텐데, 할머니 역시 자신이 먼저 죽음에 도착하리라고 예상하지 못한 모양이다.

"수봉아, 할머니는 주무시다가 큰 고통 없이 평안히 돌아가신 것 같아."

복지사 아줌마가 내 앞에 쭈그리고 앉더니, 내 손을 잡으며 이렇게 말했다. 나는 아무 말도 하지 않았다. 그냥 조용히 멈추어 버린 심장만 생각하면 할머니가 평안히 돌아가셨다고 할 수도 있다. 하지만 할머니의 마음은 돌아가실 때 평안하지 않았을 것이다.

돌아가시기 전까지 할머니는 내 오줌이 묻은 이불을 빠느라 몸도 힘들었지만, 치매가 의심되는 할아버지를 죽을 때까지 병 수발해야 한다는 스트레스와 부담감에 눌리는 것도 모자라 온천에 갈 수 있다는 희망까지 꺼진 채 우울하게 돌아가셨다.

　병원 장례식장으로 출발하기 전, 나는 싱크대 서랍에서 할아버지의 약을 챙겼다. 봉지 입구가 뜯어지지 않은 약봉지로 말이다. 병원으로 가는 차 안에서 나는 주머니에 든 약봉지를 만지작거렸다. 내가 드린 약을 보고 할아버지가 약이 왜 다르냐고 물으면 뭐라고 대답해야 하나 고민했다. 차 안에서 내내 고민한 결과, 이번 주부터 새로운 약을 먹게 될 참이었다고 말하기로 했다.

　그날 밤늦은 시간, 사람들이 모두 가고 할아버지와 나만 남았다. 나는 할아버지 앞에 물이 담긴 컵과 봉지가 뜯어지지 않은 약봉지를 내밀었다.

　"할아버지, 약 드세요."

　할아버지는 입구가 뜯어지지 않은 약봉지를 한참 동안 쳐다보았다. 그러고는 입구를 찢어 손바닥에 약을 쏟아 놓고 평소처럼 손가락으로 약을 하나하나 건드리며 살펴보았다. 약을 쳐다보는 시간이 평소보다 긴 걸로 보아,

예상대로 할아버지는 약이 바뀐 걸 알아챈 게 분명했다. 나는 할아버지가 약에 대해 물으면 아까 생각해 둔 말을 하려고 마음의 준비를 하고 있었다. 그런데 할아버지는 약에 대해 한마디도 하지 않았다. 그저 피곤에 지친 눈으로 할머니의 영정 사진을 쳐다보기만 했다.

잠시 뒤 할아버지는 손바닥에 쏟아 놓은 알약들 중에서 파란 알약과 콩알만 한 흰색 타원형 약을 손가락으로 툭 쳐서 바닥에 떨어뜨렸다. 그리고 나머지 약을 입안에 털어 넣은 뒤, 바닥에 떨어진 알약 2개를 손가락으로 집어 빈 약봉지와 함께 쓰레기통에 버렸다.

나는 아무 말도 하지 않고 가만히 있었다. 처음에는 이게 무슨 일인가 이해하지 못했고 어떤 반응을 보여야 하나 알지 못해 그저 가만히 있었다. 그러다….

설마!

할머니의 비밀이 할아버지에게는 비밀이 아니었다! 조금 전에는 상황을 이해하지 못해서, 이제는 너무 당황해서 그저 가만히 있을 수밖에 없었다. 할머니와 나에게만 비밀이 있다고 생각했는데, 알고 보니 할아버지에게도 비밀이 있었던 것이다!

할아버지는 아주 천천히 일어나 가족들이 쉴 수 있게 이불과 베개가 준비된 작은 방으로 들어갔다. 열린 방문을 통해 벽을 향해 돌아누운 할아버지의 뒷모습이 보였다. 엉망인 머리카락 때문일까, 할머니에게 버림받았을 때의 할아버지 모습과, 할머니가 없어서 버림받을 수도 없는 지금의 할아버지 모습은 크게 다르지 않았다.

하지만 할아버지가 처한 상황은 어제와 오늘이 많이 달랐다. 어제와 달리, 오늘 할아버지는 약을 골라내는 할머니가 없어서 직접 약을 골라내야 한다. 그리고 이제는 더 이상 비밀을 모른 척 가장하거나 연기할 필요가 없다. 할머니의 죽음으로 할머니의 비밀도, 할아버지의 비밀도 모두 없어져 버렸기 때문이다.

이제 남은 비밀은 내 비밀뿐이다.

10. 할아버지는 살아 있는 중

　다음 날 아침, 복지사 아줌마가 또 장례식장에 찾아왔다. 아줌마가 할아버지와 이야기를 하는 동안, 나는 옆방에서 아침을 먹었다. 밥을 먹으며 멀쩡한 할아버지를 치매 환자로 몬 내 비밀을 어떻게 해야 할까 고민했다.

　이제 내가 약을 드리면 되니까 할아버지는 약을 제대로 챙겨 먹을 수 있다. 할아버지 때문에 할머니가 온천에 못 가는 상황도 아니다. 그러니까 할아버지는 이제 치매 환자일 필요가 없다. 하지만 지금까지 치매 환자로 의심받을 만한 여러 가지 사건이 있었기 때문에, 아줌마가 할아버지를 요양 병원에 데려갈 수도 있다는 게 걱정이었다. 만에 하나 이전 사건들 때문에 할아버지가 요양 병원에 가야 한다면 나는 야단을 맞더라도 내 비밀을 아줌마에게 털어놓아야 한다. 나는 내 비밀을 어떻게 말해야 할지 고민하느라 밥이 입으로 들어가는지 코로 들어가는지, 단맛인지 짠맛인지도 모를 정도였다.

"수봉아, 다 먹었으면 잠깐 여기 좀 와 볼래?"

나를 부르는 아줌마 소리에 나는 자리에서 일어났다. 아줌마는 나에게 설명할 게 있다고 했다. 그리고 여러 가지 표현을 써서 아주 길게 설명을 했는데, 한마디로 요약하면 할아버지가 요양 병원에 간다는 것이었다.

"수봉아, 할아버지가 병원에 가더라도 병문안을 가면 언제든 만날 수 있어. 그리고 수봉이에게는 어른이 될 때까지 수봉이를 보살펴 줄 수 있는 보호자를 찾아 줄게. 현재는 위탁 가정을 알아보고 있는데 친구들과 같이 지금 학교를 계속 다닐 수 있도록 아줌마가 도와줄 테니까 너무 걱정하지 말고."

'위탁 가정'이라는 말에 제일 먼저 떠오른 건 드디어 그리고 결국 내가 '실질적인 진짜 고아'가 되었다는 생각이었다. 진짜 고아가 된다는 데 아직 마음의 준비가 되지 않아서 순간 불안감이 몰려왔다. 할아버지만 있다면 몸은 병 때문에 아파도 정신은 멀쩡한 할아버지만 있다면 나를 돌보아 줄 어른 보호자가 있기 때문에 진짜 고아가 아니다.

심장이 요란하게 쿵쾅거리며 뛰기 시작했다. 덕분에 아무리 애를 써도 목소리가 바르르 떨리는 걸 막을 수 없었고, 목에 무언가 걸린 것 같아서 말하기도 힘들었다.

"아줌마, 할아버지는 치매가 아니에요. 사실은요….."

아직 내 말이 끝나지 않았는데 복지사 아줌마가 내 곁에 가까이 오더니 내 귀에 속삭였다. 방 한구석에 누워 있는 할아버지에게 들리지 않도록 작게 말하려는 것 같았다.

"수봉아, 할아버지가 어젯밤에 또 실수를 했어. 네가 아침 먹는 동안 바지랑 이불을 새것으로 바꾸어 드렸는데, 실수한 걸 전혀 기억하지 못하셨어. 심지어 나더러 당신은 누구냐, 밖에 있는 저 아이는 누구냐, 내가 왜 여기 있느냐, 여기는 어디냐, 물으시는 거야. 어쩌면 지금 너를 기억하지 못하실 수도 있어. 처음 이불에 실수하고 라면이나 요구르트 먹은 걸 기억하지 못할 때부터 기억이 오락가락하시지 않았나 싶어. 원래 치매 환자가 그렇거든. 기억도 오락가락하고, 전에는 안 그랬다가 음식을 유난히 흘리고 그래. 흘린 밥알이 바닥에 눌러 붙어서 할머니가 치우기 힘든 적도 있었잖아. 그때는 연세 때문에 그럴 수도 있어서 설마 했는데, 그때부터 치매 조짐이 있었나 봐. 검사를 해 봐야 정확히 알겠지만, 아무튼 당장은 너랑 할아버지 둘이 살게 할 수는 없어. 할아버지 때문에 집에 불이 날 뻔한 거 기억나지? 그런 위험한 일이 또 생길지 누가 알겠어?"

아줌마의 말을 듣는 동안 나도 모르게 서서히 입이 조

금씩 벌어졌는데, 아줌마 말이 끝났을 때는 입이 꽤 크게 벌어져 있었다. 그러다 입술과 잇몸, 혀가 마르는 느낌이 들어 입을 다물었다. 나는 아무 대답도 하지 못했다. 입을 다물었기 때문이 아니라 말문이 막혔기 때문이다.

할아버지가 이불에 실수한 것이나 요구르트를 먹은 기억이 나지 않은 건 실제 그런 적이 없기 때문이고, 라면 부스러기나 밥알도 할아버지가 흘린 게 아니라 내가 그렇게 보이도록 조작한 것이다. 또 나만 가만히 있으면 '위험한 일'은 생기지 않을 것이다. 할아버지는 치매가 아니기 때문이다.

그런데 아줌마는 오늘 아침 할아버지가 이불에 실수를 했다고 했다. 할아버지가 아줌마도 나도 누군지 몰라본다고 했다. 그리고 할머니가 돌아가신 걸 모르는 듯 자신이 왜 장례식장에 와 있느냐고 물었다고도 했다. 그렇다면 할아버지는 정말 치매에 걸린 것일까?

바로 어제저녁, 할머니가 골라내던 알약을 정확하게 기억하고 직접 골라낼 정도로 정신이 온전했던 할아버지가 몇 시간 후에는 이불에 실수를 하고 사람을 알아보지 못하다니. 할머니의 죽음에 너무 큰 충격을 받아 멀쩡하던 분이 갑자기 치매에 걸린 것일까? 그럴 수도 있나?

"아줌마, 제가 할아버지와 이야기를 좀 해 봐야겠어요."

나는 자리에서 벌떡 일어나 할아버지에게 다가갔다. 할아버지는 등을 돌린 채 눈을 감고 누워 있었다.

"할아버지, 저 수봉이예요. 저 좀 보세요. 저 할아버지 손자 오수봉이라고요."

이 말을, 거짓말 보태지 않고 정말 수십 번은 했을 것이다. 팔을 흔들어 보기도 하고 할아버지 얼굴 쪽으로 다가가 귀에 대고 크게 말해 보기도 했다. 하지만 할아버지는 입을 굳게 다문 채 감은 눈을 뜨지 않았다. 마침내 복지사 아줌마가 내 팔을 잡아끌어 나를 일으켰다.

식구도 없고, 장례식이라고 학교 담임 선생님 말고는 특별히 와 줄 사람도 없어서 할머니 장례식은 좋게 말하면 간단하게, 나쁘게 말하면 쓸쓸하게 치러졌다. 할아버지는 휠체어에 앉은 채 장례식을 지켜보았는데 내내 한마디도 하지 않았고 나를 포함해서 어느 누구와도 눈을 마주치지 않았다. 복지사 아줌마의 말로는, 장례식장에서 아줌마와 짧은 대화를 나눈 이후 할아버지는 한마디도 하지 않았다고 했다.

장례식이 끝난 뒤 주민 센터 소속의 어떤 남자 직원이 장애인용 봉고차를 몰고 왔다. 복지사 아줌마가 할아버지의 휠체어를 밀며 나에게 다가왔다. 할아버지는 눈을 감은 채 휠체어에 앉아 있었다.

"수봉아, 할아버지께 인사드려야지. 할아버지, 당분간 못 만날 텐데 손자와 인사 좀 하세요."

이 말은 이제 내가 진짜 고아가 되었다는 뜻이다. 나는 아직 진짜 고아가 될 마음의 준비가 되지 않았는데도 말이다. 아줌마는 이렇게 말한 뒤 남자 직원과 봉고차 쪽으로 가 버렸다. 아줌마가 봉고차 뒷문을 여니 휠체어를 실을 수 있는 넓은 공간이 보였다. 할아버지와 둘이 남은 나는 할아버지에게 뭐라고 말해야 할지 몰라 휠체어 옆에 그냥 어색하게 서 있었다.

할아버지가 가고 나면 나는 진짜 고아가 된다. 계속 이렇게 있을 수만은 없다는 생각이 들었다. 나는 할아버지 앞으로 가서 무릎을 바닥에 대고 쭈그려 앉아 할아버지의 얼굴을 쳐다보았다.

할아버지가 천천히 눈을 떴다. 할아버지와 눈을 마주친 순간, 정확한 이유는 알 수 없지만 할아버지가 이전에 내가 알던 그 할아버지, 그러니까 치매 환자가 아닌 정신이 멀쩡한 할아버지, 할머니를 그토록 괴롭혔지만 나는 예뻐하던 예전의 그 할아버지라는 확신이 들었다.

갑자기 할아버지가 제정신으로 돌아온 것일까? 그렇다면 나는 진짜 고아가 되지 않을 수 있다.

"할아버지, 처음부터 다 알고 있던 거예요?"

"…"

그때 복지사 아줌마가 우리 쪽으로 다가오는 게 느껴졌다. 이제 할아버지는 저 봉고차에 타야 한다. 할아버지도 이를 알고 있었다. 할아버지는 제정신이기 때문이다.

할아버지는 가만히 내 손을 잡았다가 몇 초 뒤 손을 놓았다. 그리고 다시 눈을 감아 버렸다. 이로써 할아버지는 다시 치매 환자가 되었고, 나는 다시 진짜 고아로 돌아왔다.

복지사 아줌마가 할아버지의 휠체어를 밀고 봉고차로 갔다. 휠체어의 등받이 너머로 아무렇게나 뻗친 할아버지의 머리카락이 보였다. 멀어지는 봉고차를 바라보면서 이런저런 궁금증이 떠올랐다.

할아버지는 언제부터 내가 범인이라는 걸 알아챘을까?

내가 할아버지를 치매로 몰아 병원에 보내려 한다는 걸 알았을 때 기분이 어땠을까?

할아버지는 아내뿐 아니라 손자에게도 버림을 받았다고 느꼈을까?

할아버지의 마음은 알 도리가 없다. 하지만 분명한 게 있다. 자신이 빨리 죽기 바라는 할머니의 소망대로 봉지

가 뜯어진 약을 말없이 받아먹은 것처럼, 이번에도 할아버지를 병원에 보내려는 내 원대로 할아버지는 치매 환자가 되어 병원에 간다는 사실이다. 할머니의 소망이 이뤄지지 않은 데 대한 아쉬움 때문에, 할아버지는 내 소망은 이루어 주고 싶었던 걸까?

이렇게 해서 내 비밀은 계속 비밀로 남게 되었다. 할머니의 죽음으로 할머니와 할아버지의 비밀이 없어져 버린 것과 달리, 할머니가 세상을 떠난 뒤에도, 할아버지가 요양 병원에 간 뒤에도 내 비밀은 계속 남게 되었다.

씁쓸하고 마음에 걸림이 있지만, 나는 내 비밀이 없어지게 하고 싶지 않았다. 아마도 내 비밀이 할머니의 비밀과 얽혀 있기 때문일 것이다. 나는 할머니의 비밀을 드러내고 싶지 않았다. 할아버지 역시 할머니의 비밀이 드러나길 바라지 않을 것이다. 그래서 내 비밀도 지켜 주고 있는 게 아닐까.

할아버지는 죽어 가는 중인 게 아니라 살아 있는 중인 것 같다. 지금도 살아서 할머니와 내 비밀을 지키고 있으니 말이다.

나는 '얄궂다'는 표현을 좋아합니다.

사전에서 '얄궂다'를 찾아보면 '야릇하다'와 '짓궂다' 두 단어를 합친 표현이라고 나옵니다. '야릇하다'는 '무엇이라 표현할 수 없이 이상하고 묘하다.'라는 뜻이고, '짓궂다'는 '남을 괴롭히고 귀찮게 해서 달갑지 않다.'는 뜻입니다. 그러니까 얄궂다는 '설명하기 어려울 정도로 이상하고, 달갑지 않다.'는 뜻입니다.

'얄궂다'는 표현을 좋아하는 이유는, 살다 보면 얄궂은 일이 많기 때문입니다. 제가 몇십 년 살아 보니까, 산다는 것 자체가 얄궂은 일인 것 같습니다. 이렇게 계획하고 이렇게 행동했는데 저런 결과가 나오는 경우가 많고, 기대나

노력과 달리 아주 엉뚱한 일이 생기면 참 달갑지 않습니다. 또 무언가를 나는 간절히 원하고 남은 원하지 않는데, 그것을 남은 갖고 나는 얻지 못하면 이보다 이상하고 묘한 일이 또 없습니다. 도대체 왜 이런 일이 생기는지 도무지 이해할 수 없는 일투성이인 상태, 그게 '산다'는 것이 아닌가 싶습니다.

지구상 80억 사람들의 삶이 다 다르다는 것 역시 생각해 보면 참 놀랍고도 얄궂습니다. 사는 상황과 모습이 똑같은 경우가 하나도 없어 삶의 모습이 무려 80억 가지라는 것도 신기하지만, 예상하지 못한 이상하고 달갑지 않은 사건과 사고의 홍수 속에서 다들 어찌어찌 자신의 삶을 살아 나가고 있다는 것도 신기합니다. 나는 왜 저 사람과 똑같은, 아니 비슷한 삶을 살지 않을까 생각할 필요가 없습니다. 비슷해 보여도 자세히 들여다보면 80억 명이 제각각 다른, 그리고 얄궂은 삶을 살고 있기 때문입니다.

여기 얄궂기 짝이 없는 한 가족의 이야기가 있습니다. 80억 가지 삶의 모습 중 이런 삶도 있구나, 싶은 참으로 기묘한 이야기입니다. 이야기 속 가족들 모두 각자 자신만의 비밀을 품고 있습니다. 이들의 비밀은 하나같이 이상하고도 묘한, 그래서 달갑지 않은 것들입니다. 비밀이라는 건 원래 그 성질이 뜨거워서 마음에 품으면 데이거나 상처가 나기 십상입니다. 하지만 이들 가족에게 산다는 건, 이 세

상의 80억 명과 마찬가지로 얄궂기 때문에 어쩔 수 없습니다. 얽히고설킨 가족들의 비밀과 비밀과 비밀은 이들 가족이 사는 이야기를 더욱 얄궂게 만들었습니다.

저와 그리고 여러분이 사는 이야기와 사뭇 다른 이들 가족의 비밀 이야기를 들어 보세요. 내가 사는 모습이 그다지 얄궂게 보이지 않을 수도 있고, 나만큼이나 얄궂구나 싶어 고개를 끄덕일 수도 있습니다. 그리고 어쩌면 얄궂음에 관하여, 산다는 것에 관하여 한 번쯤 진지하게 생각해 보는 기회가 될지도 모릅니다.

전은지

청소년 문학

비밀과 비밀과 비밀

전은지 글 | 배민호 그림

1판 1쇄 펴낸날 2023년 10월 20일

펴낸곳 (주)베틀북

펴낸이 강경태

등록번호 제16-1516호

주소 서울시 강남구 테헤란로84길 12 마루빌딩 4층 (우)06178

전화 (02)2192-2300

팩스 (02)2192-2399

© 전은지, 2023

ISBN 979-11-93375-03-7   43810